全景再现**二战**风云
还原历史真相·解读战争谜团

希特勒四大爪牙之一
龙德施泰特

李乡状◎编著

团结出版社

图书在版编目（CIP）数据

希特勒四大爪牙之一—龙德施泰特 / 李乡状编著. --
北京：团结出版社，2015.1（2022.11重印）
ISBN 978-7-5126-3346-9

Ⅰ. ①希… Ⅱ. ①李… Ⅲ. ①传记小说－中国－当代
Ⅳ. ①I247.5

中国版本图书馆CIP数据核字(2014)第298008号

出　　版：团结出版社
　　　　　（北京市东城区东皇城根南街84号　邮编：100006）
电　　话：（010）65228880　　65244790（出版社）
　　　　　（010）65238766　　85113874　　65133603（发行部）
　　　　　（010）65133603（邮购）
网　　址：http://www.tjpress.com
E-mail：zb65244790@163.com（出版社）
　　　　　fx65133603@163.com（发行部邮购）
经　　销：全国新华书店
印　　刷：三河市华晨印务有限公司

开　　本：710毫米×1000毫米　　16开
印　　张：15
字　　数：170千字
版　　次：2015年1月　　第1版
印　　次：2022年11月　　第4次印刷

书　　号：978-7-5126-3346-9
定　　价：68.00元

前　言

第二次世界大战已经结束70年了，而那已经逝去的历史却被人们铭记。在那个历史时期里，呈现的鲜活的面容仍旧浮现在人们眼前。无论是值得树碑立传的伟人，还是默默无闻的小人物，都是那一段惨烈的不堪回首的历史的缔造者。

回溯整个第二次世界大战的历史，以史为鉴，对于我们今天的生活是十分必要的。只有这样才能够更好地把握现在，面对未来。

希特勒被后人称为战争狂人。在第二次世界大战中，以他为"元首"的第三帝国四处侵略，给世界各国人民带来沉重的灾难。致使生灵涂炭，千百万人无辜惨死。尽管在"二战"中纳粹分子曾把希特勒神化，可是生活中的希特勒并不是神，他野心勃勃企图用法西斯主义达到统占世界的美梦，非仅凭他一己之力便能实现。戈林、希姆莱、龙德施泰特和邓尼茨，都是"二战"中的特殊人物，是希特勒手下的四大爪牙，是希特勒反人类战争的帮凶，希特勒和他们一起制造了这段惨绝人寰的杀戮。他们是希特勒反人类思想的执行者，是实现希特勒命令的急先锋。但正义的力量是永远不可战胜的，最终，希特勒的四大爪牙也同希特勒一道永久被人们钉在历史的耻辱柱上。

历史就是历史，不会以个人的好恶为转移。戈林——第三帝国的元帅兼空军司令，是希特勒一心想扶植起来的第三帝国接班人，仅凭长袖善舞和唯首是瞻，他很快就赢得了希特勒的重用。对于这一切，直到希特勒即将离开这个世界的那一天才如梦方醒，真正地认识了戈林的昏庸无能以及不忠，但一切都木已成舟。尽管希特勒在政治遗嘱中对他措辞严厉地指责，但也只能是一种无谓的泄愤，历史不能改写。

无论戈林在第一次世界大战中的光环有多么耀眼，即使是德国人赞不绝口的英雄，也无法抹杀他在第二次世界大战中的滔天罪恶，以及他令人啼笑皆非的军事指挥才能。翻看有关戈林的所有历史材料，比照、分析、总结，就不难发现，原来戈林竟然是一个"二战"史上值得从各个不同角度深思的人物。

在整个第二次世界大战中，希特勒把"党卫军"作为自己的"心腹"。小个子海因里希·希姆莱作为党卫军的首领，成为希特勒手中一张津津乐道的王牌。希姆莱控制纳粹帝国庞大组织——党卫军，消除异己，残害无辜人民。德国《明镜》周刊称他是"有史以来最大的刽子手"。后来第三帝国面临土崩瓦解之时，被希特勒视为王牌的希姆莱却另树旗帜，派人暗杀希特勒。希特勒与希姆莱这种亲如家人又干戈相向的关系是整个第二次世界大战中最富有戏剧色彩的故事。

有一些热血男儿，注定在硝烟弥漫的战场上谱写他的人生旅程。在第二次世界大战中，称作"纳粹军魂"的陆军元帅龙德施泰特就是这样的人。战场是他展现聪明才智的地方，他一次又一次卓越的指挥证明了这一切。抛却对战争性质的价值评判，就其战争胜负而论，龙德施泰特屡立战功，在攻打法国的战役中，他所指挥的部队所向披靡，绕过了马奇诺防线，使得固若金汤的法国防线在德国坦克的攻击下土崩瓦解。法国的军队全线溃退,一个多月便投降。如果不是希特勒怕龙德施泰特孤军冒进,错误地阻止了他的进攻,敦刻尔克大撤退的历史将会改写。可是历史就是历史,龙德施泰特虽然忠心效命于希特勒,可是他的主子却总给他错误的指令,使他的军事天才被掩盖下来。当我们重新整理第二次世界大战的史料,重新评估龙德施泰特的功过是非,不难得出这样的结论——龙德施泰特不仅是希特勒法西斯战争军事上的左膀右臂,而且也是希特勒最不信任的元帅。虽然龙德施泰特尽职尽责,可希特勒却先后四次将其免职。龙德施泰特一生中的错误选择也为后来人提供了借鉴。

在希特勒的爪牙中,海军元帅邓尼茨无疑是希特勒的又一张王牌。邓尼茨对指挥海战时的运筹帷幄,足以让他不愧于"海军统帅"的称号。高远的眼光、过人的智慧与先进的科技相结合,使德国海军在许多海战中获得了胜利。邓尼茨创造的辉煌"战果",让希特勒欣喜若狂。邓尼茨也自然成为希特勒手下众多著名将领中最让其满意的军事将领。邓尼茨的帅才和忠心成为希特勒在自杀之前,将政治遗嘱中的接班人的名字写为邓尼茨的理由。正因如此,才有邓尼茨以德国最高领导人的身份,在第二次世界大战中与盟军签订了停战协议的一幕。"二战"结束以后,邓尼茨被判处有期徒刑十年。刑满释放后,他依然抱着纳粹军国主义的复国梦想,从事法西斯复辟活动。但历史发展的进程告诉人们,纳粹军国主义的路线是不可能实现的。

第二次世界大战从酝酿到爆发再到结束,正义的与非正义的力量以军事战争的形式、政治斡旋的形式,明面上和暗地里不断地较量着。为了在这些较量中占据主动，获得更多取胜的筹码，间谍这个特殊的战斗身份大量地出现在看不到硝烟的战场上。这些冠名以间谍的人，无畏生死，用鲜血和生命换取对自己国家有利的军事情报。当这些间谍的身份公之于众，当他们的功绩被世人所知之后，历史上那些悬而未决的疑案，便被揭晓。

在书写这些人物及历史事件时，我带领我的学生们查阅了大量的历史档案。江洋、王爱娣、何志民、张杨、祖桂芬、朱明瑶等人也作了部分内容的编写与修改。特别是收集了大量的外文版原始资料，总结了众多的专家、学者对那一历史时期的不同见解，来介绍笔下的人物。所以，我们提笔书写的这些生活在敌人中间的间谍与反间谍时，才能如此有血有肉；内容才能如此详实而丰富。当然，之所以间谍故事、战争人物故事，如此被世人津津乐道，并非我们笔力过人，而是故事本身的错综复杂、引人入胜。是人物本身的人性光辉、人格魅力感染了大家。

说尽滔天浪，难抵笔纵横。我从事编写"二战"史图书多年，这个创作领域是我写作生活中最为着力的地方。时至今日，已经有近30本图书先后出版，这些图书中的文字历经了二十多年风霜雪雨的打磨，倾注了我的心血和努力。在这里，我非常感谢为这些图书出版所做出过不懈努力的老师和学生们，以及有关人士。最后，由于个人的学识水平有限，难免有疏漏，敬请批评指正。

李乐然

2014年12月

目 录

001 | **第一章　少年时代**

003 | 军旅世家

007 | 英雄出少年

023 | 风雨兼程

029 | 渐显军人本色

039 | **第二章　最后的普鲁士骑士**

041 | 初为军官到"一战"老兵

045 | "一战"前后的沉浮

048 | 历史的舞台

055 | 谎言背后的阴谋

063 | 第一次冲突

071 | 短暂赋闲

073 | **第三章　闪击波兰**

075 | 重归战场

082 | 直捣华沙

085 | **第四章　　从"黄色方案"到"曼斯坦因计划"**

087 | 特殊的"小"人物

090 | 流产的"黄色方案"

096 | 曼施坦因计划

101 | **第五章　　法国战争**

103 | 时机与计划

107 | 担当进攻主角

114 | 明攻栈道,暗渡天险

119 | 势不可挡的冲锋

128 | 法西斯德国攻占法国

131 | **第六章　　海狮计划**

133 | 海峡上空的乌云

137 | 空袭不列颠

143 | 欧洲上空的斗争

150 | 打不起的战争

153 | **第七章　　巴巴罗萨计划**

155 | 巴巴罗萨计划

158 | 想要吞象的毒蛇

166 | 入侵苏联

173 | 第八章　　基辅战役

175 | 流血的冻土

182 | 基辅之战

190 | 血流成河的战斗

199 | 第九章　　战争的转折

201 | 厄运来临

209 | 反攻的号角

215 | 第十章　　纳粹将领最后的闪耀

217 | 不可避免的失败

221 | 将领的终末

225 | 龙德施泰特生平大事年表

第一章

少年时代

军旅世家

　　1875年12月12日,在德国萨克森州的阿舍斯莱本,一个健壮的男孩儿降生于一个军人的家庭。他就是著名的,一生颇具传奇色彩的德国陆军名将——卡尔·鲁道夫·格尔德·冯·龙德施泰特。第二次世界大战中,他名震东西两线,摘得无数荣誉,获得耀眼的光环。但纵观他一生戎马,其实并非一帆风顺。他是希特勒手下最为耿直的将领,也正是这耿直的性格,致使他常常因意见不合而对元首有所触犯。这也注定了他的军旅生涯不会平坦,几度起落。他是德国功勋卓著的将领,是纳粹"战车"的高级指挥官,但他并不是一个铁杆的法西斯主义拥护者。由此可想,他也并不是希特勒最忠诚的追随者。作为军人,他以服从命令为天职;作为德国军人,他的一切努力,只为自己的祖国繁荣昌盛。

　　一个有魅力的人格,会成为人们膜拜的典范。一个人的人格养成最不可忽视的因素就是家族传统。龙德施泰特出生于军人世家,他的性格中自然遗传了军人的正义凛然和勇毅。在德国,当时这种职业性家庭传承并不罕见。继承家业是军人世家的多年传统,成为一名优秀的军人也便成为龙德施泰特的宿命。优秀的军人首先应该拥有健康的体魄。龙德施泰特的父亲吉尔德很注重对他这方面的培养,以确保身为长子的龙德施泰特能够实现继承家业,参军入伍。在军人世家中,到处是刻板的规定和严肃的气息并不奇怪,但是,父亲过于严格的训练让年幼的龙德施泰特着实吃了不少苦头。不过,龙德施泰特很小的时候就明白自己的一生是命定的。对于这条道路,幼小的龙德施泰特并不抗拒,他喜欢军人一身戎装威风凛凛的样子。在他看来,父亲就是他的偶像。不过,年方十岁的孩子,又有几个能安下心来接受如此超强度的训练呢?龙德施泰特与普通孩子并没有什么两样,除却家族传统使他的气质突显出军人般的勇毅外,对于正值顽劣年龄的他来说,时而开小差也在所难免,但是并不超出常理。他常常会趁父亲不在家时偷偷跑出去,到工厂附近的空旷地带玩个痛快。

对于父亲他其实是敬畏的。在他的记忆里,他的父亲没有抱过他。与父亲最近距离的接触,不过是训练中完成高难度动作时,父亲的辅助。尽管父子之间有身体的接触,但龙德施泰特感觉不到父亲的一丝温情,父亲对他从不表露半点疼惜。那个时候,龙德施泰特感到最疼的并不是肉体而是内心,有时肉体的疼痛反而解救了内心的痛苦。曾几何时,龙德施泰特一度因此而伤心难过,甚至有那么一丝怨恨。但是当他真正地经历了战争,理解了什么是战争之后,他才真正明白父亲的良苦用心,才明白父亲那超越一切俗世亲昵而只关乎生死的爱。他才理解父亲不能更改他依照家族传统而来的宿命,但却倾尽全力,给予他在最危机的时刻摆脱危险的能力。年幼的龙德施泰特在艰苦的训练中,征服每一个高难度动作时,都会收获父亲欣慰的笑容。在他看来,面带笑容的父亲是最具温情,最可爱的。于是,他更加努力,更加刻苦。在一般人眼中,龙德施泰特的童年过于悲惨,完全被枯燥的训练所占据。事实上,在这些枯燥的训练之中,隐藏着一个少年通过努力而赢得的父爱和成功。在痛苦之中,渗透着无尽的爱意。这样的训练也越发让龙德施泰特对自己内心主动追求的东西变得更加执着和坚定。

英雄出少年

　　年幼的龙德施泰特在艰苦的训练中变得沉默寡言,同时也变得思维活跃、善于观察。尤其值得一提的是,他如何精准地掌握时间,完成自己的"偷玩大业"。这虽然是孩子式的算计和把戏,但却锻炼了他的判断力与观察能力。也许,这便是一种天赋,一种基于军人世家优良传统的直觉能力。这种直觉能力深深地埋藏在龙德施泰特的基因里,在他一生的军旅生涯中发挥着至关重要的作用。

　　趁父亲离开偷偷跑出去玩,实际上是顶着莫大的风险。一旦被父亲发现,经受的惩罚是惨重的。在军官眼里,军事化体能惩罚才是行之有效的办法。在素有军人家族传统的龙德施泰特家中,惩罚孩子过失的方法,如法炮制。动辄上百的俯卧撑,作为惩罚十一二岁孩子的办法,不得不说是极其严苛的。龙德施泰特当然被抓过,也被罚过。但他还是为了那些自由而快乐的时光,大胆尝试"出逃"。龙德施泰特的父亲,早已发现他瞒天过海的"伎俩",于是常常突然袭击,上演一次"领导视察"。善于总结、勤于观察是龙德施泰特的天赋,这种天赋就在父子的这种"博弈"中不断升华,成为他在日后荷枪实弹的战争中,厉兵秣马的指挥才能。

　　这一天,他看见父亲穿上军装走了出去。但他好久都没有动,直到透过窗子看见父亲所乘的军车消失于视野后,并等了一会儿。确信父亲真的去了部队，他才蹑手蹑脚地躲过仆人跑出家门。

钢铁厂的那边传来了孩子们的嬉闹声，听起来他们玩得高兴极了。他过去一看，是一群男孩子在玩"持枪对战"的游戏。有的男孩以手势为枪械，有的男孩用一个铁棍代为枪械，有的追，有的逃。追赶时嘴里还模仿着枪声，被追者落荒而逃。有的还举起了双手表示投降，投降的就会成为俘虏，被拿"枪"的孩子抓回他们的"大本营"。龙德施泰特早已不再玩这样的游戏了，然而他并没有离开，仍然目不转睛地看着那些和他差不多大的孩子们。观察和思考成为他的又一乐趣，有时这种乐趣带给他的愉悦胜于参与。

那群孩子玩得很投入，以至于对龙德施泰特视而不见。龙德施泰特也并没想参与游戏，所以对他们的不理不睬毫不介意。作为军人家庭的孩子，他已无数次地接触过真枪实弹。因此，对于将简陋的铁棍或手势幻想成枪械的行为感到有些幼稚可笑。至于他们的游戏形式及内容，与父亲讲述的复杂战术或者父亲书中记述的战斗故事相差甚远。

"抓到你了！"一个高个子男孩说，手里的铁棍对准了"俘虏"的头。

"我不会向你投降的！"被"枪"指着头颅的小个子男孩说。

"不投降就要死在我的'枪'下。"

"宁可阵亡，也不投降！"

"那你就要吃些苦头！"高个子男孩傲慢地说，并用手中的铁棍刺向即将"阵亡"的"敌人"。铁棒刺穿"阵亡者"的裤子，大腿被刺破，裤子上渗出血迹。

事实上，本该在"阵亡者"选择"阵亡"的一刻起，将其淘汰出局，结束他游戏中的角色和继续游戏的资格。但是，傲慢的高个子男孩却做出了不理智的举动，伤害了小伙伴。

龙德施泰特以为"阵亡者"铁骨铮铮，但他的表现却与他拒绝投降的勇气背道而驰。他坐在地上大哭起来,哭声怯懦而痛苦。这时,其他的孩子围了上来,但都傻了眼,低着头默不作声。高个子男孩见自己闯了祸有点慌乱,不过他用带有颤抖的高亢的声调鼓励自己,向"阵亡者"吼道:"我爸爸可是大将军,我让你投降你就得投降!'阵亡'就要付出代价!"说罢,便丢下铁棒,飞奔而去。其他孩子也尾随着离开,只留下了被铁棍刺伤的"阵亡者"坐在地上痛哭不止。

龙德施泰特本该制止那个傲慢的高个子男孩离开,但一切都发生得太快,来不及他阻止,于是只能走上前去帮助哭泣中的男孩。

"你怎么样?还能站起来吗?"龙德施泰特说。

男孩只是抽泣,默不作声,甚至都没有抬头看一眼。

龙德施泰特蹲下来,检查男孩的伤处,发现他的裤子被血殷红了一片,但看上去血已经不再流了,应该伤得不是特别严重。

龙德施泰特伸手去拉男孩的胳膊,同时缓缓站起。

他对男孩说:"坚强点,不要哭,你的家在哪儿?我送你回家。"

男孩依旧沉默不语,只是哭声渐无,还不时地抽泣。

过了一会儿,那孩子终于抬起头,说了地址,随后又补充了一句:"谢谢你帮助我,可是拜托,请别和我爸爸说这件事。"龙德施泰特立即明白了,男孩或许和自己一样是偷偷溜出来的。

"但是,你遭到了他的欺负,你应该让他向你道歉。如果,不能借助你的父亲解决问题,我愿意帮助你。不过,你应该做一个勇敢的人。有的时候,我们可以试着通过自己的力量解决问题。"龙德施泰特这时表现得并不像一个十一二岁的小孩,而好似一个勇敢的军人。

他站起身,抬头望了望天,一抹夕阳正散发着温暖的余晖,把整个小城映得通红。一股内心的不平和同情感在心里涌动着,为这样一位朋友讨回

希特勒四大爪牙·龙德施泰特

公道的愿望抑制了他就此回家的想法。甚至,他觉得此刻能够帮助朋友,即使回家被父亲发现,接受体能惩罚也无所谓。

受伤的男孩怯懦地说:"我……我不敢!他太凶了,我怕!"

龙德施泰特鼓励他说:"怕并不能解决问题。勇敢的人,首先应该不畏内心的恐惧!"

"恐怕……我不行,就算我们一起也打不过他,他太强壮了!"受伤的男孩说。

"莽夫式的武斗依靠的是蛮干。不做怯懦的人,当然,也不要做莽夫。我们可以找他的父亲解决问题。"龙德施泰特很坚定地说。

"可以吗?"

"不知道,可以试一试。不试永远也不知道可以不可以。"

"好吧,可我现在不敢回家,我想先处置一下伤口。"

"如果你不介意,可以去我家,我去找医生帮你处置伤口。然后,我们去找他的父亲。"

受伤的男孩点了点头,在龙德施泰特的搀扶下,他们走得很慢,走了很久才到马路旁。尽管从这里到龙德施泰特的家,步行只需 20 分钟,但拖着小伙伴,此刻行走的速度恐怕几个小时也到不了。

"不行,这样不行。如果这样走下去,恐怕很久才能到家,得想想办法。"龙德施泰特说。

正巧,此时一辆汽车从远处驶来。"好,就截下这辆车,让他送我们一程。"龙德施泰特对受伤的男孩说。说完,放开男孩的手,独自一个人跑到了路中央,双臂张开,以身体做障碍阻断汽车行进的路线。

在车驶近一点距离的时候,龙德施泰特发现那是一辆军车。车上两名军人用充满迷惑的眼神看着自己。龙德施泰特这时挥舞着双臂,一双眼睛充满了坚毅。

汽车在驶到距离龙德施泰特一米的地方停了下来。龙德施泰特松了一口气,说一点也不紧张那是假的,那汽车的速度的确不慢。

"干什么?"一个胖胖的军人,将头伸出窗外,大吼一声,显然,他对龙德施泰特的做法深感不满。龙德施泰特看了看两名魁梧的军人,气定神闲地说:"对不起,我们需要帮助,"说着他指了指受伤的男孩,"他受伤了,我们需要搭您的车到市中心去。"

"我们为什么帮你?我们有要务在身,请不要妨碍我们的公事。"胖军人因为龙德施泰特的莽撞拦车而满腹怨气。

"拜托,请您帮帮我们,他受伤了,无法走路,我们回不去家了。我想,作为军人,您不会将两个小孩子,放在这里不管。"龙德施泰特说。

实际上,他们并非有要务在身,那样说不过是拒绝帮助的托词。说话的人是司机,而坐在驾驶室内不动声色的人是位少校。他们不过是回市里少校的家而已,少校开口说道:"请他们上来。"

"是,长官!"胖军人答道。并对龙德施泰特说:"上来吧!"

龙德施泰特马上回头去扶那位受伤的男孩。两个人坐进了驾驶室,他们坐在后排。通过肩章龙德施泰特看出,那个始终不动声色的人是一位少校,军衔对他来说是早已熟知的常识。

"您是少校?"龙德施泰特开口问道。

"是的,小朋友,你认识军衔?"

"是的,少校。"

龙德施泰特以为少校还会和他说些什么,但那位少校似乎对他们两个小孩一点兴趣都没有,始终保持沉默。

两三分钟后汽车驶进市区。少校开口说道:"你们的家住在哪里?先送你们回家。"

龙德施泰特说出了他家的住址，少校回过头来看了一眼龙德施泰特。胖军人司机则非常兴奋地说："那是你家？那可是龙德施泰特将军的府上。"

"是的，我的父亲是龙德施泰特将军。"

说着，已经到了龙德施泰特的家门口。少校此刻依旧很沉稳，在龙德施泰特和受伤的男孩下车时，他才报上姓名。并表示，他向龙德施泰特将军致敬。龙德施泰特下了车，向少校打了一个标准的军礼。汽车缓缓地驶离，车窗里飘出胖军人的说话声："要知道，那是龙德施泰特将军的儿子！"

在龙德施泰特带受伤的男孩走进家门的时候，受伤的男孩告诉他自己的名字叫克里克，伤他的男孩也是军人家庭出身，父亲也是一名将军，名叫豪因西德。克里克对龙德施泰特并不知道豪因西德将军表示费解。龙德施泰特告诉克里克自己家规很严，很少出门对外面的事情也知之甚少。龙德施泰特又问克里克是否知道那个高个子男孩的住址，克里克点点头。龙德施泰特表示给克里克处置一下伤口，然后就去那位将军的家里。

龙德施泰特将克里克带进厅堂。仆人见他带了一个受伤的朋友回来，急忙上前帮忙，并问发生了什么事情。龙德施泰特对仆人讲述了事情的经过，并吩咐他去请医生，处置克里克的伤口。龙德施泰特当然不希望这件事被父亲知晓，便特别叮嘱仆人为他保守秘密，并告诉仆人，一会儿还要出去一下。倘若自己能够在父亲回来之前到家，希望仆人继续守口如瓶。倘若迟于父亲回家，希望一切事情等他回来亲自向父亲交待，不要多言。仆人点点头，转身离开去请医生了。

医生将克里克的伤口经过清洗后，包扎起来。"伤得并不严重，只是流了一些血。很快就能好起来，"医生对两个男孩说。克里克和龙德施泰特都放下心来。

"该动身了。"龙德施泰特起身扶起克里克说。

可是,克里克的表情有些犹豫不决。

"放心吧,是他做错事了,我们应该坚持获得他的道歉。作为军人世家,他应该像军人一样勇于承担责任。"龙德施泰特十分坚定地说出自己的想法,并鼓励克里克要坚持正义的原则。

在龙德施泰特的鼓励下,克里克不再那么怯懦。龙德施泰特的勇气和凛然浩气给了克里克一点力量。

伤口包扎好了,用了一些药物,已经不那么疼了。克里克走起路来,也快乐许多,两个男孩在路上花了一点时间。

龙德施泰特和克里克来到豪因西德将军的家门口。龙德施泰特很绅士地敲响了豪因西德家的房门。仆人出来开门,看见是两个小男孩,非常和蔼可亲地问:"你好,你们是?"

"您好,我叫龙德施泰特,这是我的朋友,他叫克里克。我们找豪因西德将军有事。"龙德施泰特在这样的场合下讲起话来彬彬有礼,不失贵族子弟的身份。

"哦!你们?你是说你们两个孩子,找将军有事要说。"仆人表示有些意外,两个孩子找将军能有什么重要的事情,但他并没有将两个小客人拒之门外。龙德施泰特的谈吐也让他猜想,这个少年一定系出名门。

将两位小客人请入厅堂后,仆人去书房请将军。这时,豪因西德将军的儿子从门外进来,见到克里克和龙德施泰特非常吃惊。克里克他是熟知的,龙德施泰特,他未曾见过。不管怎样,兴师问罪他还是猜得到的。

"你来干什么?难道,你还想再尝尝我的军刺吗?"豪因西德的儿子显然此时的底气要比逃跑时足得多,毕竟这是在他家里。

"我……不想。"克里克依旧表现得唯唯诺诺。

希特勒四大爪牙·龙德施泰特

"不，他不是来受你威胁的，我希望你能向他道歉。"龙德施泰特语气很坚定地说。

"你说什么？你要我向他道歉？"豪因西德的儿子不耐烦地吼道。

"怎么回事？"豪因西德将军这时走进厅堂，看到儿子和两个他不认识的小男孩吵架。

"您好！豪因西德将军。我叫龙德施泰特，这是我的朋友，他的名字叫克里克，他也是您儿子的朋友。今天，他们在一起游戏的时候发生一点不愉快的事情。我们到您家来，是希望您的儿子能够诚恳地向我的朋友，也是他的朋友，克里克，说一声对不起。"龙德施泰特面对将军讲话条理清晰，且语气适度，很有一股英气。而站在身旁的克里克在将军走近，并听龙德施泰特讲话的全部过程中，始终把头深深地低下，好像如此将军便不会看到他一样。

"凭什么我要道歉……"在龙德施泰特讲话的时候，豪因西德的儿子插了一句，但被豪因西德严厉的眼神压了下去。

"哦，有这种事？你说你叫什么？龙德施泰特，你是龙德施泰特将军的儿子吗？"豪因西德听到龙德施泰特这个名字还是十分熟悉的。

"是的，不过，对不起，将军，我今天要说的事情并非我的身世。请您注意我说的重点。"龙德施泰特回答了将军的问话，但他的目的是让将军的儿子给克里克道歉。在他的话中，他再次强调了这一点。这就是龙德施泰特，当他认准了一件事情很重要时，他不容许别人转移他的话题。正是这种耿直的性格，他始终坚定地坚持自己的原则，使他得到很多人的赞许，同时在军事领域创下卓著的功勋；也正是这样的秉性，促使他多次顶撞国家元首，致使他的军旅生涯多次起落。他的这一特质，在少年时期的这件小事上，便初见端倪。

如此强势，咄咄逼人的气息，让将军顿感一丝不快。因为即使成年人的

手下将领也鲜有人如此气势汹汹地顶撞他。不过,转念间,将军又不免心生一丝喜悦。如此少年英气,胆识、才情绝非同龄人可与之比拟。哪个将军不惜才!他倒是愿意与这个少年更深地接触。

"好的,少年,我这个老头愿意听听你的故事。不过,我建议你在我这个老头面前,收收你的锐气,这算是对老人长辈的一点尊重吧!"将军自称老头不过是一种轻松的玩笑话,是他将自己与龙德施泰特关系拉近的一种亲昵说法,其实将军正直英气勃发的壮年。他继续说道,"听你的口吻,这件事情似乎是你们三个小孩子之间的事。所以,我想先听听我儿子的意见,希望他能够将事情陈述清楚。"

"好的,对不起,将军。请先原谅我刚才言辞的鲁莽。我接受您的意见,由您儿子来说清楚这件事,我想是再好不过的了。"龙德施泰特说完,他看到克里克依旧低着头,于是他伸手碰了一下克里克,希望他能够勇敢一些。

"我……"将军的儿子,有些口吃起来,"他,"他指着克里克,"是他,在玩游戏的时候,破坏了规则。本来应该投降的,他却坚持不投降。他受伤是我做的,但那是他的错,如果……"他在说这些话的时候,显然没有那么足的底气,他没有把事情的原委说清道明,反而只是在一味地强调,造成最终局面的错误不能归于他身上,为自己开罪。

"不对!你这样说不公平。我只是不想做一个投降的懦夫。"克里克涨红了脸指着将军的儿子非常激动地说出这句话。

"不要这样,克里克,你冷静一下。没事的,将军会做出正确的判断,你不要激动,还是先将事情的全部说给将军听听。"龙德施泰特安抚了一下克里克,他觉得克里克有些过于激动。而此时的克里克表达了他的抗议后,开始掉起眼泪,发出嘤嘤地低吟。

"我看,他们谁也说不明白这件事情,还是由我来说吧!"龙德施泰特看

希特勒四大爪牙·龙德施泰特

了看将军。将军点点头，表示同意。

"他们本来在玩战争游戏，您儿子手持铁棒，而且是一个根尖端锋利的铁棒。"龙德施泰特强调了一下铁棒尖端很锋利，继续说道，"他以铁棒为'枪'追击那些扮演逃亡的敌方。克里克就是逃亡的敌方中的一员。他个子矮一些，跑得也不够快。于是被您的儿子追赶上，两个人对峙起来。您的儿子要求克里克投降，克里克坚持着不投降。您的儿子强调倘若不投降，就要阵亡，不过，阵亡要挨他的枪。结果，他真的用那根锋利的铁棒刺向了克里克的大腿，于是克里克就受伤了。之后，您的儿子很傲慢地强调他没有做错什么，于是跑掉了，而且跑得很快。"龙德施泰特将这一切从头到尾叙述了一遍，叙述的同时，将军的儿子几次支支吾吾地想插话进来，都没有成功。龙德施泰特的语气坚毅而流畅，绝不希望任何人打断的样子。而将军的儿子听到最后，脸憋得通红，气都提到嗓子眼了。

"哦！是这样。"显然，将军并没有介怀于这件小事，他所有的注意力都放在龙德施泰特的身上，将军继续说，"那你，龙德施泰特当时在做什么？你为什么不出来制止这个人？"将军没有用我的儿子，而是用了"这个人"。很显然，他确实没有将事情本身放在心上，而是像考官一样，在考验龙德施泰特，并等待他的回答。

"我没有阻止的缘由，而且我已经说过了，您的儿子跑得太快了，我根本来不及制止他的行为。"龙德施泰特没有撒谎，事实确实如此。

说到这里，克里克停止了抽泣，似乎他心中的委屈已经全部由另外一个人倒出。他如是重负地抬起头，看着将军和龙德施泰特。而此时，将军的儿子似乎已经百口莫辩，深深地低下了头，他的手捏着衣角，好似一个等待审判的罪犯站于法官面前，等待最后的宣判。

将军依旧对这件事情本身兴趣不大，他像指导预备军官一样，让龙德施泰特说说对这件事情的看法。

"是的,将军,这就是我来这里的目的。我认为,您的儿子应该向他的朋友克里克诚恳地道歉。依我看来,克里克在游戏中选择了'阵亡',最大限度不过是自动退出了游戏。倘若他们没有想好,如何处置'阵亡'的角色,完全可以设想这个人已经自动放弃继续玩下去的权利。而这样的空白似乎让您的儿子很不开心,抑或是因为克里克不服从他的安排而不开心,但不管是何种缘由。他伤害了他朋友的身体,就应该道歉。当我看到您儿子刺伤克里克后的眼神时,我猜想,他没有预料到会造成克里克受伤的结果。虽然他做了这件事情,但他并没有真正想伤害克里克。他匆匆地逃走也说明了这个问题。可以将您儿子的行为想象成无意的,但他逃避了他应该负的责任。如果他是军人,我想他并不称职。一个军人,永远都不能逃避他应该负的责任。将军,这就是我的想法。最后,还是希望您的儿子能够真诚地向他的朋友克里克说一声对不起!"

听到这里,豪因西德将军十分满意地点了点头,问龙德施泰特:"你今年几岁?"

"12岁,将军。"

"好,年轻的龙德施泰特将军,豪因西德向您致敬。"说完,将军恭敬地向龙德施泰特敬了一个军礼。

"好,海因茨,你应该向你的朋友克里克郑重地道歉。我认为,整个事情是你做错了,我希望你不要做一个胆小鬼,而是像龙德施泰特说的那样,像一名军人一样承担起你的责任。"豪因西德对他的儿子说道。

海因茨知道自己错了,深感愧疚。他非常郑重地握着克里克的手向他致歉,并很用心地检视了克里克的伤。

这一次事件,让海因茨和克里克都认识了龙德施泰特,也让他们成为

希特勒四大爪牙·龙德施泰特

了好朋友。海因茨和克里克从内心深处都非常佩服龙德施泰特的能力和勇毅。

佩服龙德施泰特的不仅仅有他们，还有豪因西德将军。

豪因西德将军亲自驱车将克里克和龙德施泰特送回家。并在龙德施泰特父亲的面前大肆夸奖了他，并预言他将来一定是一名了不起的将军。豪因西德将军的预言一点没错，龙德施泰特确实是世界军事历史上少有的军事人才。

风雨兼程

时光飞逝,龙德施泰特渐渐地长大了。在强度和难度不断加大的训练中,他长成了一个机敏灵活的小伙子。虽然看起来略微有些瘦,可他的身体结实有力。每次洗澡他都会数数身上的伤疤,看看是不是又多了几处。旧伤未愈又添新伤,年仅 15 岁的龙德施泰特,已经浑身都是磨练的印记了。而父亲也早就跟他讲过,伤疤是一个军人的荣誉,没有了伤疤,就像作为一名军人却没有得到任何奖章一样。在未来,他希望龙德施泰特能够得到更多历练。而对于龙德施泰特来说,生活的军事化早已与他的生命相融合。他觉得自己已经做好了一切准备,随时迎接属于自己的行伍生涯。

这一年,龙德施泰特对军事战略性质的名著颇为痴迷。他常常跑到父亲的书房,看世界军事战略史、战争史等名著,查阅大量战例资料。在一些战争的记录中寻找优秀作战指挥者的身影。他崇拜那些人,每当在书中看到这类内容的时候,他的心都会为之剧烈地跳动。求知若渴,像遇见沙漠绿洲的探险者,兴奋的情状难于言表。

当他看起书来的时候就会废寝忘食,稍不注意就会把时间丢到脑后。对于一个人做自己感兴趣的事情来说,就算做上一整天也不会感到厌倦。龙德施泰特此时此刻最大的兴趣,就是看这些军事指挥的书籍。他父亲的书房里有许多这样的书,随便看上一本就足以回味很长时间,这给年轻的

希特勒四大爪牙·龙德施泰特

龙德施泰特带来了无限的乐趣。

这一天,龙德施泰特结束了一天的训练,洗过了澡,等待吃晚饭。他看时间还早,于是就跑到父亲的书房去看书。

他找到了一本关于古代欧洲战争的书,饶有兴致地看了起来。读着读着便完全沉浸其中,以至于忘却了时间,忘记了疲惫和饥饿。

晚饭的时间到了,仆人们找遍了整个院子也没有找到龙德施泰特。他的三个弟弟妹妹在餐桌上已经等得颇不耐烦,母亲无奈之下,只能说不要等他了。结果,整顿饭他都没有出现,这让管教子女十分严格的父亲对儿子的突然"失踪"感到很不高兴。

过了半个小时的时间,晚饭结束了。老龙德施泰特准备去书房看会书,却看见了龙德施泰特在伏案细读。看着儿子头上还隐隐流出的汗珠,老龙德施泰特心中也有一丝心疼和不舍。一直对孩子施加高强度的训练,尽管孩子嘴上不说,但每次训练的时候,都强忍着疼痛和辛苦。他从没有留意他内心的真实想法,比如他喜欢什么以及不喜欢什么。

在四个孩子中,龙德施泰特是他要求最严格的一个。因为是长子,吃得苦也特别多。眼下,那个当年顽皮的小鬼不知不觉已经长成了一个大男孩了。读书入了迷的龙德施泰德根本没有察觉父亲的到来,他双眼聚精会神、逐字逐行地阅读着。嘴角有时露出一丝笑容,有时却表情凝重。看见儿子如此用心训练、用心读书,老龙德施泰特很是高兴。老龙德施泰特对自己的书籍如数家珍,了如指掌,光靠书的厚度和翻开的样貌就知道那是一本军事指挥的书籍。原来这孩子对军事指挥名著如此感兴趣,他的脸上浮现出了不寻常的笑容,多年来的担心一下子烟消云散。一直以来他以为这个孩子一点也不喜欢当一名军人。很小的时候,对他进行训练,他表现出了一种叛逆,当时老龙德施泰特为此失望了很长一段时间。可谁知,这孩子还是坚持了下来。他想,也许是因为他的体内流动着祖先的血液吧。在他们的训练中,即使这个孩子再苦再累,也没有打过退堂鼓,同时,还能根据自己的认识提出许多见解。他感觉到龙德施泰特也许明白自己的用心和多年来对他在军事素质方面的铺垫。

老龙德施泰特从来都没有奢望这孩子真的会爱上军事。他虽然觉得这孩子将来成为一名军人是理所当然,但性格跳脱而又聪明活泼的儿子,会是真的心甘情愿喜欢上这份事业吗?老龙德施泰特怔怔地看了他好久,他有多少年没有这么仔细地看看孩子了。他心里也一定很苦,每次孩子看见他的眼神里都是陌生多一些的,似乎还有某种期待。但是每次都被他残忍地扼杀了,他觉得自己很对不起孩子。

童年的故事总是那么美好,就连梦也是甜的。老龙德施泰特想到了自己的童年,他的童年又何尝不是这样呢?那种孤独感他应该是最清楚的呀,然而这种剧情他又让它们在自己的儿子身上重演了。

老龙德施泰特不自觉地伸出了有些粗糙的、厚重的大手,抚摸着龙德施泰特的脑袋,心中有说不出的感慨。

这时龙德施泰特才发现父亲来了,两个人同时僵住了。几秒钟后,父亲愣住的目光重新恢复了慈爱,用一种十分罕见的、亲切的方式拍了拍儿子的肩膀,似乎是在表达鼓励和欣喜。龙德施泰特试图打破沉默,可他的心已经澎湃起来,他有了前所未有的快乐。犹如连续下了一个月雨的天气突然放晴一样,太阳驱散了他心中的阴霾。

“您来了多久了?”

“刚刚来的。”原来军人撒起谎来是那么不容抗拒。空气又凝结了,龙德施泰特被父亲在自己面前一贯的强势气息所压制住。一时间不知道该怎样将谈话继续下去了,只得点了点头。

希特勒四大爪牙·龙德施泰特

老龙德施泰特发现,多年来养成的沟通方式不是一时半会就能改过来的。即使他开始体会儿子了,但表面上还是很严肃,或者只能说,这是他身为一个军人的"职业病"吧。

"你喜欢军事?"他斟酌着字眼,问了这么一句。

龙德施泰特很惊讶,他没有想到爸爸会关心他的喜好。"是的,父亲,最近我经常在看这些书,想多见识一下以前的军事家是怎么指挥的,您不会介意我翻您的藏书,对吗?"他没有察觉,自己在说这些话的时候,话语里已经不自觉地带上了希冀的成分。

老龙德施泰特没有说话,他沉吟了一会,想这个孩子是不是一时的心血来潮。依照他的这个年龄,喜欢什么也多半是三分钟热血,热情过了,也就抛到了脑后。

"孩子,你知道多少年以来在我们家,作为军人的传统一直延续着。即使没有当军人,他们选择了其他行业也都做得小有成就,那是我们家族教育的优势。你今天说你喜欢当一名军人,我不希望你是一时的心血来潮,我希望你能保持这样的热情。"老龙德施泰特顿了顿,"这么多年来一直都对你很严厉,希望你能理解,以后的路还是要你一个人走。那么,那个时候,我希望你取得的成就要比你的父亲更高才好。"

龙德施泰特点了点头,这是父亲第一次和他语重心长地谈他的未来。他十分感动,以往对父亲的疏离和怨言在此刻全都抛却到九霄云外了。他清楚地记住了父亲的每一个字、每一句话、每一个动作和那带着关心的眼神。从此,他要真正踏上军人之路了。

"最近的几天,你准备一下吧,我会把你送到军校学习。"

还像往常一样,龙德施泰特是被安排着,但是这次的心情不同。这是父亲明白了自己的志向之后下的决定。正如他心中所愿,他对军校是多么的憧憬呀。在龙德施泰特很小的时候，就羡慕父亲的军装，也曾经自己偷偷穿过。只可惜那军装实在太大，他穿上去根本不像一个军人的样子。他知道自己有一天也会像父亲那样神气、威风。

现在，他终于要到军校去了，这是他们家族的长子人生中的一个必然经历的过程，也是他梦想的开始。他相信他自己一定会成为一个出色的军官，与父亲一样优秀。

军校的生活是单调的，除了训练还是训练，普通人可能有些吃不消。但这对于从小就习惯了的龙德施泰特来说，就是小菜一碟了，甚至他觉得来到这里比家里更加自由。

在家里的时候，父亲不仅限制他的行动，还会限制他的思想，父亲让他过的是一种斯巴达式的生活，即使家底殷实也丝毫不能有奢侈浪费。这些他没有抗拒，与从小养成的观念使他在多数事情上愿意参照父亲的意愿行事。但是，很多事情也由不得他，父亲对他的训练也占用了很多时间。即使父亲不在家，也会安排人看着他。万一他在一些行为上出现什么异常，那个人就会向父亲禀报，所以这些年来他的生活免不了有些压抑。

在生命的历史长河中，尽管世界各地的风俗不同，但是家长制所具备的威严，已经是很普遍的了。

在别人看来，过于拘束的生活对龙德施泰特来说已经算是轻松。从此以后，他可以一边发展自己，一边看自己喜欢的欧洲军事书籍，偶尔也可以翻翻自己十分喜欢的侦探小说。

龙德施泰特是一个十分稳重的孩子，在一群学员中他显得十分沉着冷静，沉默寡言。他可以算得上一个成熟的学员了，即使在那些人里面他的年龄相对是小的。教官很快就注意到了他，并让他担任协助管理学员的学生军官的职务。

希特勒四大爪牙·龙德施泰特

　　自信的龙德施泰特虽然常常沉默不语,但是受父亲影响,他的发言中肯得体,深得学员们的尊重。很多学员一有拿不定主意或者在训练中遇到了什么困难,就会来向龙德施泰特寻求帮助。只要有求助,他总是有求必应,这也自然而然地为他赢得了更多人的跟随和拥护,他也因此而得到了教官更多的信赖和评价。

渐显军人本色

在军校的训练中，龙德施泰特最喜欢的是骑马，他对这一项训练颇有感情。未上军校之前，父亲不允许孩子们接触马，更别说是骑马。但龙德施泰特却常常一个人跑到马厩里面观察那些骏马。他并不像别的孩子那样对着马儿呢喃，抒发他们幼小的思想。他只会静静地坐在它们身边，静静地观察他们，用心去了解马儿们的一举一动，试着理解他们不同动作的含义。当然，他也经常幻想自己有一天可以骑上它们驰骋沙场。

多少年过去了，父亲的马换了几匹，他还是没有什么机会可以骑上马背。他不知道为什么父亲不让他骑马，在他训练的那么多项目中也没有这一项，而普鲁士骑士的雄姿一直是他所憧憬的。

在欧洲上流社会中，骑马是当时的一种时尚。善于骑马奔跑的人被认为在多个领域都有过人的才能，因此得到人们的欣赏和肯定。而对于普通军人来说，骑马更是必须掌握的技能。

实际上，父亲没有刻意不让他骑马，是因为那个时候他的年龄还小。父亲尽管严格训练他，但仍然担忧他年龄太小，还无法驾驭马匹。同时也怕骑马会让自制力有限的孩子变得更加贪玩。他希望等到龙德施泰特再长大一些的时候，再教他如何骑马。到那时，这件事对他来说会感到简单一些。因为不曾感受，所以向往不已。龙德施泰特对于骑马这件事非常地好奇，他渴望骑上马背,感受驰骋的感觉。每次看到马,他都十分喜爱,抚摸着它们光滑的皮毛,就像很久未见的朋友。而看到了驰骋的马匹,他会十分兴奋,内心波涛汹涌。他会想象自己身穿上军装,骑上战马英武威扬的样子。

　　但是,他在军校练习骑马的时候,可供骑行训练的马匹数量却十分有限,根本无法实现全班人同时进行骑行训练。马厩里倒是有几匹生马,但没有经过驯服的生马根本无法用于训练。这就意味着有些学员需要等待其他人完成训练之后才能投入训练,然而马匹的过分疲惫也会影响训练的效果,还有可能伤害马匹。一向习惯于干净利落的训练的龙德施泰特,对这样的训练节奏有一定的意见。他向教官表示这样低效率的训练有碍于学员的进步,而且对马匹的健康也大为不利。教官很高兴听到学员有如此的建议,但他也摆出实际情况,向龙德施泰特解释所谓无奈维持现状的缘由。然而,对于这样的说辞,龙德施泰特表示难于接受,他建议教官向部队高阶领导申请马匹。听到这里,教官有些不悦,还轮不到一个学员来教自己如何做事。于是,半开玩笑地说,如果你能驯服一匹生马,我保证不让你的骑马训练受到任何干扰。这匹被你驯服的马,将成为你训练的专用马匹。龙德施泰特表示倘若此话当真,愿意一试。不过,为了解决眼下的问题,他希望驯服一匹专属自己的马匹只是一个开端。通过一定的经验,将全部马匹都驯服,以此增加可供骑马训练的马匹数量。

　　马是一种力量很大的动物,没有经过驯服的马一般不能用于人骑乘或者拉车,这种马的背上也沾不得人。而驯马就是要通过骑手对生马的征服、调教,让它能够背部载人,并适应和熟悉负人行走、奔跑的感觉。要想训练一匹马,就需要一个好的骑手。但会骑马并不等于能驯马,一个能够驯马的骑手一定要具备征服生马的胆量和勇气,还要掌握与之沟通的技巧。否则,一匹生马在驯服过程中,给骑手带来的危险是极为巨大的,甚至,会威胁到驯马者的生命。

倘若你知道龙德施泰特在骑马上的经验十分匮乏，驯马经验全无时，你也一定会为他的安危捏上一把汗。他如何有如此胆识和魄力？难道是蛮干！绝对不是，他不提倡莽夫的无理行为。事实上，龙德施泰特如此自信并非没有依据。他凭借的正是幼年时对家里马匹的理解，和观看父亲驯马的经验。他认为马和人是一样的，只有你了解它，它也了解你，建立了感情，获得了彼此的信任，才能收起双方的任性，达成合作。尽管不太清楚驯马还有很多讲究，而且缺乏实战经验。但是，他想这些问题，可以在实践中去寻求解决的办法，办法总比问题多。

约定驯马的时间到了，这一天，教官心里开始有点打起鼓来，他对自己略带戏屑的玩笑有些后悔。不过，他并不曾想到龙德施泰特如此较真，真敢实践着破天荒的事儿。他想上前阻止，但是，也想看看这个不怕死的学员能搞出什么名堂。于是他叫来全体学员和军医，为有可能发生的意外时刻准备着。

教官牵来一匹健壮的枣红马，交给龙德施泰特。并拍了拍他的肩膀，低声而又委婉地说了一句："倘若没有准备好，不要勉强，安全第一。"

龙德施泰特信心满满地对教官点了点头。驯马开始了，教官和学员们站在马场外，一声不响地看着龙德施泰特，军医已经准备好绷带和止血的药物。其实，这匹桀骜不驯的马已经摔伤了几位驯马师，无一不是体格结实的成年人。在场边的所有人看来，龙德施泰特这种不知所谓的自信，实在是对自己的身体甚至生命毫不负责。但是，龙德施泰特引马前行，气定神闲，看上去比场外的人更加淡定。其实，他心里也是有些忐忑不安的，但箭在弦上，不得不发。此时，他的情绪若表现得过于明显，马会感知到的，这样不利于马匹的配合。

希特勒四大爪牙·龙德施泰特

他没有一开始就跃上马背，而是引着马在马场上漫步。外人看不出什么来，只是焦急地等待着。龙德施泰特在引马漫步的过程中，并不是简单的遛马，他在观察马，也在不断地接近马。他表现出一种强大的气场，这种气场具有统摄一切的力量。越是烈马，越喜欢与之性情相投的人。接近马时的动作干净利落，让马匹毫无戒心。渐渐几圈漫步过后，马匹和龙德施泰特已经建立了初步的信任。这个过程，有观看父亲驯马时的经验，有他对马匹的了解和对于驯马过程的反复思考。

停下来后，龙德施泰特在马的视域范围内从斜前方接近马头。马很温和地接受了龙德施泰特的靠近。龙德施泰特给马打理了一下颈部的毛皮，坚定而果断，有力而自信。马儿显然很享受这个人对它的亲近。这时，龙德施泰特增添了信心，他踏上马镫，上马动作一蹴而就，和平时骑乘训练有素的马匹一样上马。但龙德施泰特骑上马后，马儿很显然对于骑在他背上的这个人是排斥的，它有些不安地甩动着身体，很显然是想将龙德施泰特甩下去。龙德施泰特右手执鞭，左手用力地拽着缰绳，隔着手套依然能够感觉到细微的紧勒产生的疼痛。他将两腿轻夹马肚，左手放了一下马缰绳，右手一加鞭，马就跑了起来。坐在马身上的时候就已经让它浑身不自在了，又何况跑起来。所以这匹马一个劲儿地在原地打转，一顿乱折腾。龙德施泰特想让马安定下来，于是他俯下身轻轻摸了一下战马的颈部。可是这一摸不要紧，反而激起了它的愤怒。随着战马一声长长的叫唤，它的两只前蹄也抬了起来，身体几乎快要直立起来了。龙德施泰特只能迅速调整身体的姿势，以便稳定重心。而这匹桀骜不驯的马仍然转着圈想甩掉他，一会儿前蹄竖起来，一会后蹄狠狠地踢着。在场的人开始喧哗，医护人员已经准备将担架抬起来了。

龙德施泰特的两鬓开始出现了汗珠，他在努力调整心绪，他知道越是这个时候,越应该沉着,冷静,动作越应该准确无误。此时,场外的人们都已经目瞪口呆。

虽然龙德施泰特努力调整自己的情绪和动作。但是,毫无办法的他的确欠缺处理这状况的经验,这是他从未体会过的惊险。

龙德施泰特知道这时应该让马儿冷静下来,直至站稳。如果有可能,让他安全地从马上下来。当然,下来并不是最佳的选择,最好的结果是能够让马静下来,适应这种骑乘状态。

龙德施泰特在加紧整理思路的过程中,马儿不知受了什么影响,奔跑了起来。但突然的奔跑给思考中的龙德施泰特带来不小的麻烦。他并未调整好快速骑行的节奏。马儿还没跑多远,他便在颠簸中从马的后面跌向地面。幸好马儿径直向前跑去,龙德施泰特除却摔了一跤,并无大碍。

军医和教官以及学员待马儿跑远后,迅速冲进马场。将龙德施泰特抬上担架,向马场外奔去。大家喊叫着、询问着,想知道龙德施泰特是否有受伤。龙德施泰特双眼直直地聚焦在前方半米处,依照平常的经验,这属于惊吓过度。众人抬着担架将要跑出马场时,龙德施泰特一咕噜从担架上爬了起来。兴奋地说:"我没事,没事,现在很好,只是摔了一跤。教官,请帮我把那匹枣红马牵回来。此时,不可放弃。我知道为什么会失败了。原因其实不过是马儿还不适应有人骑乘在它背上而已。它已经开始熟悉我了,这个时候,应该乘胜追击。"教官一开始以为龙德施泰特是惊吓过度,在说胡话。但仔细想一下他的话,还是很有道理的。其实龙德施泰特根本没有受到惊吓,他之所以目不转睛,是在思考问题出在哪里? 毕竟整个过程他自认为并没有出现重大的失误。在场的学员和军医都愣住了,面对龙德施泰特,满心疑惑,不知所措。

教官这时说话了,"好,我牵马,你确定自己没事?"

希特勒四大爪牙·龙德施泰特

"我确定,我一点问题都没有。"说完龙德施泰特还跳跳表示安然无恙。

"好,我马上就回来! 大家不用害怕,他没事。"教官说完去牵马。军医围上前来,仔仔细细地检查龙德施泰特的身体,问问这里痛不痛,那里痛不痛。

枣红马和龙德施泰特再次于马场相遇。龙德施泰特好像没有摔过跤一样,甚至,他的步态和神色比上一次还要好。他更加信心满满,似乎这次不是尝试驯马,而是要骑乘它驰骋一番。枣红马再次回到龙德施泰特身边,它感受到龙德施泰特的凛凛威风,表现出一种臣服顺从的姿态。

结果第二次骑乘果真像龙德施泰特预想的效果那样,一切顺利。场地外面的人们都惊奇地睁大了眼睛,教官看着这个倔强的学员,有点无奈又带点欣慰地笑了起来。

龙德施泰特策马飞奔,身体高傲地骑乘在枣红马上。那种威风,和他童年想象的别无二致。看上去,他像一名英姿勃发的少年将军,带着一种迷人的魅力。

驯服了枣红马,教官兑现了"戏言"的承诺。并深深地被这个少年所折服,他给予龙德施泰特的评价是:勇敢、耿直、敢言、自信、睿智。

自此之后,一有时间,龙德施泰特就会跑到马场来,接触那些生马,经常走进马厩给它们添草、理毛。这些行为,都是在为他驯服所有生马做准备。他也真的一匹接一匹地驯服了它们。有人问龙德施泰特是怎么做到的,他常常这样说:"马虽为动物,但它也有血肉。你当他是牲畜,它自然当你是敌人;你当它是兄弟,它自然视你为手足。"

龙德施泰特的优秀素养和优良品质,让他很快成为军校里的传奇。他不仅各种训练的成绩都名列前茅,各科学习成绩位列三甲,而且生活节奏也井井有条,个人形象干净利落。这使得他在当时的军校里显得卓越瞩目。

1892 年，龙德施泰特以优异的成绩从军校毕业了，作为一名见习生被派到了驻扎在卡塞尔的步兵八十三团。

分配到步兵团或多或少让他有些失望。因为他想追随父亲的足迹，成为一名骑兵少将，这也迎合了他对马匹的喜爱。真正伟大的人，其伟大之处就在于能够很好地接受现实，用自己的努力将现实和理想成功地嫁接起来，并打通其中的关节。因此，他作为一名步兵军人依旧热情高涨。

在步兵团中，每天只是不断地训练，生活没有什么波澜，龙德施泰特没有像其他胸无大志的军人一样，在无聊之余，专拣闲书报尾消遣时间。对于龙德施泰特来说，阅读侦探小说他多年的习惯，这在锻炼他思考方面，发挥了巨大的作用。不过，侦探小说与那些军事名著相比确实难登大雅之堂。在风气上，也有助长闲适之风的嫌疑。所以，一般他读起侦探小说来，都会大加伪装。让人们在外形上看上去他在读大部头的军事著作。当然，至于军事著作，龙德施泰特也是青睐有加的，常常读到废寝忘食。

龙德施泰特从那个时候就表现出了自己的指挥天分，对于军事方面总是有着自己独到的见解。他会将传统的军事理论加上自己的想法提出来，他优秀的潜质和敢于表达的勇气使他深受团长器重。团长对他的军事见解，也是常常赞许有加，并且时而采纳。即使有时没有采纳龙德施泰特的见解，也会在其中汲取一定的思路和启发。

不可否认，他的某些能力和才智是天生的。而加上后天的努力和发挥，成为一名伟大的指挥官显然只是时间和机遇的问题。

寒暑几度，业精于勤。在步兵团的服役中，他学到了很多，更多的是把他学到的理论付诸于实践。为了使自己在学习中打下更为扎实的基础，龙德施泰特无论走到哪里都不放弃读书。读书只是积累，只会读书也许不过能成为一个教书匠而已。思考是知识的催化剂，应用才是知识的价值体现。

希特勒四大爪牙·龙德施泰特

在步兵团,龙德施泰特参加了一次又一次的小型演习,体会到了实际作战的过程。尽管他只是步兵团中的一员,但是他过人的胆识和优秀的素养仍然使他表现得十分抢眼。他擅长根据自己所在的地位和团队的状态提出与实际情况相对应的合理建议,在作战指挥上显示了很高的天分。使上级军官开始以预备军官的视角培养他。在内外因素的促使下,龙德施泰特在茁壮成长。

在短短的一年服役期间,龙德施泰特从一批见习军官中脱颖而出。他能够出色地完成本职工作,做起事情来坚决果断,完成工作的质量无可挑剔。部队领导对他的成长十分关注,晋升高一级的军衔只需一个绝佳的时机。龙德施泰特渴望能够成为一名出色的军官,他希望有一天能够面对着行军图指挥千军万马,在运筹帷幄之中,使敌人溃不成军。

当时的德国处在一个军事扩充时期,德国已经有了征服世界的念头,因此也大力发展军事。这对龙德施泰特军旅生涯的发展,提供了一个很好的契机。

第二章

最后的普鲁士骑士

初为军官到"一战"老兵

机遇对于一个人来说是十分重要的。但是,机遇总是留给有准备的人。机遇对于有准备的人才可以称之为机遇。否则,再好的机遇,不过是镜中花而已。龙德施泰特就是那个有准备的人,他用无数个平淡的日子,积聚力量,为成为一名优秀的军人不懈努力。在他的天赋里蕴藏着很多优秀的品质——正直、敢言、沉稳、睿智;他更加注重自我的培养,使他具有敏锐的洞察力,掌握了丰富的军事专业知识。这些综合素养便是他的"准备",这些"准备"成为他获得上司欣赏的缘由。机遇便于此降临在他身上,他获得了晋升少尉的机会,而这时他年仅 18 岁。

当龙德施泰特站在表彰大会的讲台上时,他感到全身的血液都在沸腾,他为自己身为一名德国军人感到自豪。他觉得自己没有选错,他是为了军人而生。这些话他都放在了他的演讲当中,当台下响起了一片片掌声的时候,龙德施泰特的眼中闪烁着最明亮的光芒。自此之后,军队里都知道,有一个龙德施泰特,是一名全能的军人。

和平自然是世界人民的福祉,而对于一名亟待晋升的军官来说,这无疑是一种"阻碍"。不想当将军的士兵不是好士兵。这一段时间算是龙德施泰特的人生低谷,不是能力不足,而是身边的人们没有对他开启慧眼。人生的发展是曲线的,走向一个超越自己生活的高峰后,必然要在下落中积聚

希特勒四大爪牙·龙德施泰特

力量,为筹备下一个高峰确立起点。龙德施泰特对生命曲线的理解已经非常深刻,他知道如何在低谷中积攒力量。

这一次积攒,时间跨度不能说是短暂。人生百年,一共也没有几个8年。8年之后,龙德施泰特25岁,他终于迎来了又一次晋升,由少尉晋升到中尉,职位也升到了团副官。之所以他的晋升会这么缓慢,除却个别人的嫉贤妒能,一些人不愿用慧眼投向龙德施泰特外,更主要的是龙德施泰特本身。他的心境已经随着年龄的增长变得更为沉稳,他利用这漫长的8年在反思,过快地提升军衔,给自己带来的思想上的负面影响,可能是摧毁性的。因此,他有意放慢了追逐虚名的脚步。

身为团副官,龙德施泰特把大多数的时间都留给了军队,他甚至忽略了私人生活。假期的时候,他更愿意在家里读书。然而,他二十七岁了,也到了成家立业的年龄。对于婚姻问题,他的父母希望他能娶一位门当户对的女人为妻。而这个人选,老龙德施泰特和妻子已经有一些想法。同为名门望族的高兹家族与龙德施泰特家族是世交,这个最佳人选就是露西丝·比拉·冯·高兹小姐。

龙德施泰特并没有见过她,只是听说这是一位美丽的姑娘,对于结婚的事情他没有太多意见。一直以来,在他的家族中,都是由父母选定孩子的婚姻对象,尤其是长子。

高兹小姐是一位典型的贵族小姐。她和正统军人大家族出身的龙德施泰特可以称得上郎才女貌,他们简直就是天作之合,大家都觉得他们真是太相配了。

婚礼上,龙德施泰特穿上了一身戎装,英姿勃发;高兹小姐端庄大方,美丽动人。龙德施泰特和高兹小姐对这桩婚姻都非常满意,都说家庭是一个男人事业的堡垒,女人是男人成功的后盾。除了他们的完美搭配以外,还有高兹家族的势力加上龙德施泰特家族的威望。这一切都是龙德施泰特能够放开拳脚，努力拼搏的坚实后盾。

不久之后，龙德施泰特的儿子汉斯降生了。他的到来为龙德施泰特的人生增添了另一重要意义，也让他们的小家庭一下子变得热闹起来。龙德施泰特在家的时候并不怎么多说话，高兹小姐也是。可他们的宝贝汉斯则是整天的哭闹，夫妻俩围着这个不听话的小家伙忙得团团转，也给生活增添了不少的乐趣。

斗转星移，三年的时间里，龙德施泰特不得不拿出一定的时间照顾家庭，他也变得更加繁忙起来。毕竟他是军人，他的大部分精力都要投入到部队中去。以致于常常因为过于投入而忽略了对家庭的照顾，不过高兹小姐能够理解龙德施泰特的两难。她从不抱怨，只是希望孩子能够更多地接触到爸爸。

不过，这样的要求，对于军人家庭恐怕也是有些奢望了。龙德施泰特因其才干出众被选入军事学院学习。这个时候却恰逢孩子降生没多久。这无疑对高兹来说，是一次莫大的考验。不过，高兹对龙德施泰特说："亲爱的，放开您的手脚去经营你的军旅生涯吧！家里有我，一切问题都能解决。"龙德施泰特听了这样的话，心里暖暖的，他感谢这个女人，也带着很多人的期望走进了军事学院。

1907 年，龙德施泰特从军事学院毕业，晋升为上尉并被调到总参谋部工作。回顾前路，龙德施泰特 18 岁晋升少尉，25 岁晋升为中尉，32 岁晋升为上尉。这个过程可以说是比较缓慢的。自幼龙德施泰特受其父亲的影响，面对成长，从来不急。因为他始终以父亲的那句教导为座右铭："不管做什么，打好基础，才是一切上层建筑的开始。"因此，龙德施泰特一直循规蹈矩地走在他军旅的道路上。

希特勒四大爪牙·龙德施泰特

　　直到"一战"之前，1916 年秋天，龙德施泰特才晋升为少校，同时被任命为喀尔巴阡山一支军队的首席参谋官。在这段期间，他丰富了自己的军事指挥知识，以大量地实践来检验，为他以后指挥战争积累了更多的经验。

　　战争对于处在世界上的人们来说或许是一场巨大的灾难，但是对于龙德施泰特这样的军人来说却是一种机会。他需要这样一个机会来施展自己的军事才能，彰显作为一名军人的魅力。他渴望参加战斗，只有这样他才感觉到自己存在的价值和意义。

"一战"前后的沉浮

　　等待只是一个过程，不过是时间的问题。1914年6月28日，是塞尔维亚的国庆之日。也是在这一天，奥匈帝国的皇储斐迪南大公夫妇，在塞尔维亚的萨拉热窝地区视察时，被一名参加塞尔维亚恐怖组织的"黑手党"枪杀。这恰恰为奥匈帝国想吞并塞尔维亚找了一个好的借口。于是奥匈帝国得到了德国的支援于一个月之后出兵塞尔维亚。这就是著名的萨拉热窝事件，它成为了第一次世界大战爆发的导火索。

　　在这之后的7月末，沙俄开始援助塞尔维亚。有了大国的参与，大规模战争的爆发已经成为了一种必然。8月1日，处于幕后的德国终于原形毕露，向俄国宣战。并向法国提出了最后通牒，要求在德、俄的战争中保持中立。法国考虑到自身的利益回绝了德国的要求，于是也投身于汹涌澎湃的总动员中。8月3日，德国正式向法国宣战。8月4日，德国保护入侵保持中立的比利时。同一天，英国考虑到在比利时的问题上对自己国家领土安全的威胁，向德国宣战。接着，匈牙利向俄国宣战，继而英国向匈牙利宣战，一场帝国主义国家之间的争夺就此展开。

　　实际上，对于这场战争发起者之一的德国早就对其进行了策划。曾经担任德国总参谋长的阿尔弗雷德·冯·施里芬，在之前制定出了以速战速决为主要特征的"施里芬计划"。原本按计划，德国是有机会击败其他国家的，但是事情的发展总会出乎人的预料,一场波及到众列强国家的战争又怎会那么简单。

等待已久的龙德施泰特早就已经摩拳擦掌、跃跃欲试了。他想,指挥千军万马为德国开疆拓土的梦想马上就要实现了。龙德施泰特被分到了西线,作为第十五军的参谋长。这次战争将真正地锤炼龙德施泰特的军人意志。这不再是一次演习了,多年的积累终于在此时可以施展。龙德施泰特沉稳的指挥以及冷静的头脑,赢得了上司的器重。然而,这场战争德国最终还是战败了。战争结束后,应他本人的请求,他被任命为骑兵第三师参谋长。骑兵一直是他最喜欢的兵种,这一次他终于如愿以偿,成为了一名骑兵军官。

时势造英雄。经历了这次战争的龙德施泰特已经在军队中小有名气,他的事业上也进入了发展的轨道。经过了战争的洗礼,龙德施泰特掌握了实战中的一些经验。他也先后担任第三师师长、柏林第三军区司令,以及就任驻柏林的第一集团军司令。平步青云,1932 年时,他已下辖共 4 个步兵师和两个骑兵师。

在硝烟弥漫的战场上的枪炮声中,让龙德施泰特明白了很多道理。他明白要想成为一名优秀的指挥官,就一定要具备优秀的综合素质。能够深谋远虑,具有敏锐的洞察力以及领导能力,而且不要过多干涉下属的战斗。一名好的指挥官,不是面面俱到的指挥,而是给自己的下属以足够的自由。让他们能够不受约束、满腔热情地去工作,从而使他们的力量得到最大限度的发挥。

每个人看待人生的角度都有些不同, 有的人把功名利禄放在第一位,认为得到了这些实际的东西,才会得到真正的快乐;而有的人则认为人生最重要的是自由,只有抛却了争名逐利的羁绊,才会得到真正的快乐;有的人因左右逢源而感到快乐；有的人则因简单而感到快乐；也有的人只是为了单纯的事业而感到快乐。龙德施泰特就是这样一个仅仅为了成为军人而感到快乐的人。他并不关心政治，而只喜欢军事。他觉得要想晋升，立下功劳是最好的办法，这个态度也是他晋升缓慢的原因。

已经年近六旬的龙德施泰特，经历了德国的魏玛共和国时期。和平年代的军队生涯显得过于单调无味，在军队里的半生时间让他成为了一名受人尊敬的老将。尽管他的表情总是很严肃，然而却也彬彬有礼，说话条理清晰，风度令人钦佩。但此时的龙德施泰特仍然远离各种交际，喜欢一个人呆在办公室里，闲暇的时候看看侦探小说。有趣的是，这位老人深知作为一名资深将领，必须要保持自己的形象，所以他办公桌的抽屉就成了他爱书的避风港，他将那些侦探小说放在拉开的抽屉里，偷偷地看着。有人来了，他便立即合上抽屉，做出一本正经的样子。

升为中将的龙德施泰特似乎对于晋升不再有过多的欲望，毕竟他已经不再是当初那个斗志昂扬的年轻人了。因为他的阅历，他的思想和性格中那部分如火如荼的热情，已经被他久经战场所沉淀下来的老成持重所取代。因此，他不再似当初一样期望着战争的来临，但这并不代表着他不希望德国能够更加强大，或者，"安于现状"更能够解释他现在的心态。

希特勒四大爪牙·龙德施泰特

历史的舞台

就在这个时期,德国出现了一个人物。他具有着超凡的演讲能力和领导天赋,鼓吹自己的政治主张,手下有一群人为他卖命。这个人就是阿道夫·希特勒,日后的德国元首。他的野心和政治主张受到了当时魏玛共和国的总统兴登堡的赞赏,而实际上,那根本就是哄骗。于是,兴登堡总统便在 1933 年 1 月 30 日的时候,按照完全合乎宪法的方式把总理的重任交给了他。在 3 月的最后一次民主选举中,可怜的德国人受到了这个演讲狂人的骗诱,竟将选票投给了他,同时也给死亡和没落投上了一票。他们根本就不知道,这将是德国人悲剧和灾难的开始。占总数的 44%,拥有国会议席 288 个,希特勒和他的纳粹党就是这样一步步地通过民主程序而掌握了政权。

上台之后,希特勒便从排挤和解散其他党派入手,目的是增长纳粹党的势力。他甚至还利用了法律,将自己所领导的"国家社会主义德国工人党"规定为德国的唯一政党。并且取消联邦制取,甚至将具有着自治权的各地政府和他们的议会也一起摧毁了。

为了让德国的民众服从于他,希特勒限制他们的自由,取缔工会和结社。同时加强精神上的控治,具体表现为限制他们的出版和言论自由,并且立法管制新闻和舆论,扼杀了司法的独立。将立法完全变成了他独裁统治

的工具。

在政治上的独裁还不算,他为了扫清一切障碍,更是对其他的少数族裔进行大肆污蔑和压制。到了后来甚至发展为公然地掠夺和关押、杀害以犹太人为主的德国少数族裔。

实现了政治、经济、文化以及社会生活的一体化,希特勒对整个德国民众的控制无孔不入地深入到了各个方面。而实现他野心的另一个工具军队,他更是将其视为重中之重,对海陆空三军进行了大的调整。

作为保守派的军人,龙德施泰特起初对希特勒的野蛮行径很是抵触。然而,希特勒是一个厉害的角色,他善于抓住大部分人的心理,并用他的口才去取悦他们,继而征服他们。在希特勒大肆鼓吹和宣扬的恢复德国政治地位和军队规模的言论鼓动下,他尘封已久的热情再度被激起,加上希特勒切实为军方实力的恢复提供了机会,这使他再次回想起了他曾经想要为德国开疆拓土的梦。对希特勒这位狂妄的新领袖,龙德施泰特的态度有所改观。

历史不能假设,也不能复制。一个人一时的选择看似在浩瀚的历史烟波中微不足道,但产生的连锁效应却往往是他们自身所无法估量的。兴登堡的去世给了希特勒可乘之机,也为龙德施泰特再次登上战争的舞台提供了新的机会。然而同时迎来的,是肆虐欧陆乃至世界数年之久的兵灾人祸。

1934 年 8 月 2 日,德高望重的兴登堡元帅去世刚刚三个小时。希特勒就马上宣布了取消总统的职衔,并把总理与总统的职务合并为一,称为元首兼国家总理。这个拥有着绝对话语权的身份,从此便改变了德国的命运,也为第二次世界大战的爆发埋下了伏笔。

在希特勒的心中,他崇尚纳粹独裁思想,利用自己手中的权力,把这种思想发挥到极致,建立了独裁统治。如果在这个时候,军队可以起来推翻希

希特勒四大爪牙·龙德施泰特

特勒的话,也许这位纳粹党的头目,就没有机会在二战中制造如此深重的罪孽了。然而,此时的希特勒却把自己伪装成了一个对各方都十分友善而热情的人, 恢复经济与军工生产的政策更是确立了他在民间和军界绝对的威信。

历史总是开了一个玩笑,绕了一个圈又回到原来的起点上。那些挑起战争的人野心得以释放的时候,普通百姓和军人便难逃战乱的厄运,使他们成为台上那个战争狂人的工具,成为其野蛮统治下的牺牲品。

希特勒上台后就推翻了民主制度,可见他之前在演讲台上的慷慨陈词不过都是他的谎言。德国的高管和民众都在被他牵着鼻子走,被动又无奈。他们满心期待的民主制度以及他们元首所鼓吹的一切,都像美丽的泡沫一样,转而就碎掉了。

然而希特勒的政策却让经济出现了飞跃发展的态势, 失业率大大减少,国民生产总值大幅度提高。人们都附和着在希特勒的统治下,不再有挨饿的自由。德国人民为这种表面的强调社会福利的新"国家社会主义"所陶醉,他们将希特勒视为了神话。不得不说,抛却纳粹统治的其他方面,单单在经济上的成就来看,是无比辉煌的。

希特勒是一个有自己思想的人,在他看来,打着社会主义的旗号进行的宣传会更加有效。这样一来,在他取得政权的道路上就能争取到大多数群众的力量。现在他既然已经取得了政权,那么就再也不需要这个社会主义的幌子了。他打算过河拆桥,为了巩固他自己在德国政府的地位,他必须要巴结企业界、陆军。而他巩固自己地位的武器之一就是冲锋队,这支冲锋队为了他们的领袖在街头打架斗殴, 做尽了一切流氓地痞才会做的事情。他们成为了希特勒制造暴力和恐怖的工具,成了革命军的核心。他们的革命是要推翻那些反动的普鲁士将军, 这个老派的将军被他们轻蔑地称为

"老傻瓜"。

残酷的现实,使得人们的心理有了很大的变化。虽然现实中,这些变化是悄悄发生的。龙德施泰特将这一切的变动看在眼里,但作为一个军人,他只能袖手旁观,或者说他愿意袖手旁观。他默默地注视着希特勒所做的一切,对于这个既有着异能又疯狂粗鲁的人产生了一种复杂的看法。龙德施泰特打心眼儿里轻视希特勒的出身,这跟他的贵族身份简直就是天壤之别,他叫他"前奥地利下士"。然而当他听到希特勒大张旗鼓地说他的军事野心时,他竟然对这个人有那么一点的刮目相看。他最看重的一点就是,希特勒竟然将向军队中投入了巨大的资金。他们的军队装备先进了,武装得更加强大。作为一个老牌的陆军将领,他并没有什么理由拒绝这些,他觉得或许希特勒是对的。

希特勒再一次的预见,在不久的将来,也只有军官团才是他能够拥有的一支纪律严明的军队。毕竟,和他的冲锋队比起来,这些军官都接受过良好的军事教育,具有着全面的、优秀的素质,是不能舍弃的军事人才。这当然包括了龙德施泰特,这样的人物是冲锋队那种街头霸王没法比的。他们大多数都参加过战斗,具有着卓越的指挥能力、丰富的经验以及非凡的战略战术。冲锋队只能是一只横冲直撞的纸老虎,利用他们吓吓群众、虚张声势还可以,却很少有军事价值。最主要的是,冲锋队在本质上是一支政治武装性质的军队。于是他放弃了为他卖命的冲锋队,将目标转移到军官团以及他们所领导的军队上面。当这个纳粹的领导人有了这种想法,冲锋队就难以摆脱死亡的命运了。

希特勒于 1933 年 8 月 19 日在戈德斯堡浴场讲话的时候说过:"冲锋队同陆军的关系必须是同政治领导一样的关系。"而 9 月 23 日,他又在纽伦堡讲道:"今天,我们应该特别记得我国陆军所起的作用,因为我们都清

希特勒四大爪牙·龙德施泰特

楚,在革命的日子里,要不是陆军站在我们这一边,我们今天就不会在这里开会了,我们可以向陆军做出保证。我们将永远不会忘掉这一点,他们是我国军队光荣而历史悠久的传统的继承者,我们将全心全意、竭尽全力地来支持陆军的这一精神。"

这两次的演讲,龙德施泰特也作为一名老资格的陆军中将来到了现场,尽管他是远远地望着希特勒,一脸淡然,有时会稍稍显得不耐烦。但是他对于希特勒对陆军有意的赞扬,还是感到些许的欣慰。他默默地在一个角落,和那些被希特勒煽动得热情激昂的人相比,他显得那样的庄严,他想看看年轻的前奥地利下士到底要怎么折腾他爱的军队。

谎言背后的阴谋

实际上，希特勒早就在这之前秘密地向军队做了保证，他的这一举动让很多的高级军官对他的想法有了很大的改变，并逐渐倒向他的这一边。本来，龙德施泰特认为希特勒可能要军队从事内战，但不料希特勒竟然对陆军保证，陆军和海军可以致力于迅速重新武装新德国这项重要任务。海军上将雷德尔也不得不承认，希特勒建立这支海军的前景让他极为高兴。站在陆军军官的立场上，他们的感觉就是希特勒给他们打开了一扇有巨大活动空间的大门。

本来有一部分人包括龙德施泰特在内，他们对于希特勒很是不满。可自从这个总理上台之后，便开始大张旗鼓地整顿军事，这在一定程度上消除了他们想反对希特勒出任总理的打算。因为希特勒对军队的重视，使得这些军权在握的元帅们有了更加广阔的舞台，他们逐渐开始拥护希特勒的军事思想。

在思想上，人们接受一种教化和统治，首先要有一定的土壤。当时的欧洲是经济大发展的年代，政治上有许多不完整和缺陷。经济上的发展也很不平衡。德国在经济领域中由于采用了一系列的强化手段，使得经济迅速复苏，快速发展。这也为希特勒的膨胀野心打下了一定的基础。在希特勒的思想里，发展军事争霸世界，是他一生当中的宏伟蓝图。

希特勒四大爪牙·龙德施泰特

　　纳粹在经济上产生的奇迹，首先要归功于金融奇才沙赫特博士。通过了他的打量扩充公共工程和刺激私企的政策来扩大就业，这样才能以大量发行纸币作为资金。这个举世无双的博士，将自己的浑身解数都施展了出来，而发行纸币仅仅是他采取众多的经济方案中的一个，同时也是极其重要的一个。这个人发明了"来福"票，这种来福票就是使得军备力量突飞猛进的基础，希特勒把"来福"票作为重整军备的票据，他的这个手段竟然骗过了全世界。

　　这个时候希特勒已经嗅到了军方领袖的热情，这着实让他信心百倍。为了进一步鼓起军方领袖的热情，希特勒便在4月4日的时候设立了国防会议，目的是为了加紧执行一项重整军备的秘密新计划。这样3个月之后，在7月20日的当天，希特勒便颁布了一项新的陆军法，废除了民政法庭对军人的司法管辖权，取消了士兵的选举代表制。这样一来，便恢复了军官团历史悠久的军事特权。这些做法使得军队里的元帅将军们，有了空前的热情。虽然他们在战场上经历了炮火硝烟的洗礼，但是在政治场合下，他们却难以抵御糖衣炮弹的诱惑。更何况希特勒上台以后，对军事和军事人才的重视是不言而喻的。

　　哪个军官不喜欢自己能够享有更多的权利呢？在军官们看来，能够享有这有史以来就属于军人的权力本来就是天经地义，民政法庭的干涉是极其不合理的。而士兵的选举制度又让他们的权力显得弱不禁风、摇摇欲坠。因此，希特勒就像是他们肚子里的蛔虫，想他们所想，实现他们所愿，又怎能不让他们为此而欢欣鼓舞呢？

　　龙德施泰特听到了这个消息的时候，他还在办公室里看侦探小说。接到了下属传过来的文件，他惊讶得从椅子上站了起来，他没有想到这个人居然为了拉拢军官团花费了这么多的心思。尽管他明白，希特勒的这些手

段不过是他饰演的填充物。但是他仍然愿意接受这样的安排,在这一点上,他和那些渴望着权力的军官没有任何差别。毕竟,在很长的一段时间里,这个魏玛共和国的政府,没有一个领导人做出这样的决定。龙德施泰特更加动摇了,他甚至觉得不应该因为希特勒的出身而将他全盘否定。他惊讶地发现,希特勒在军事、政治或者其他的方面,都具有着一种让人出乎意料的天才。他将不可能变为可能,那么或许,他真的能够带领德国走向一个辉煌的未来。尽管他不像许多陆海军将领一样完全地倒向了希特勒的一方,但是他还是从另外一个比较赞成的角度来看待纳粹革命了。

为了安慰冲锋队的头子罗姆,希特勒任命他为内阁成员。1934 年元旦,龙德施泰特又写了一封友好热情的信给罗姆。在信中,龙德施泰特一方面重申了"陆军有责任保卫国家,抵御境外敌人",同时又承认冲锋队的任务是为了确保国家社会主义革命的胜利,以及国家社会主义的存在。并把冲锋队的成绩都归功于罗姆,这封信在最后还提到了,在国家社会主义革命结束的时候,他保证,他一定要对罗姆这个为了"国家社会主义运动"以及为德国人民做出不可磨灭的贡献表示感谢。说完了官方的感谢,他还从私人感情上拉近和罗姆的关系,仿佛两个人有多么亲密无间。他的落款十分虚伪地注上了"你的怀着真诚友谊与感激之情的龙德施泰特"。

就是这样的一封信,还作为了一种模范的赞扬形式,刊登在 1934 年 1 月 2 日的报纸上。这样公开化的赞扬,更加缓和了冲锋队中存在的不满情绪,并且起了很大的作用。就在圣诞节和新年的来临之际,冲锋队和陆军的斗争以及激进的纳粹党分子所谓的"第二次革命"叫嚣也暂时平息了下去。

龙德施泰特和罗姆通过简单的一封信,重新建立了友谊。希特勒用这样的手段,使得陆军与冲锋队成为自己手上最得意的工具。希特勒开始重用龙德施泰特了。这对龙德施泰特是忧? 是喜? 历史的人物只有历史的分

希特勒四大爪牙·龙德施泰特

析才能得出正确的答案。

希特勒要着手征服全世界之前必先征服德国。而当他在的德国的地位稳定之后，便把他的视线放在了外交上。到了 1933 年的春季，德国在世界上的地位已经不可能再糟糕了。这个时候，希特勒的第三帝国在外交上处于一种孤立无援的境况，他在军事上陷于了一种无力的地位。由于希特勒对于犹太人的暴行，更是让整个世界感到愤慨和憎恶。德国的邻邦，特别是法国和波兰。对于希特勒的虎视眈眈当然是敌对和多疑的，于是波兰在但泽举行了一次军事示威。这次示威让法国表示最好联合起来，对德国进行一次预防的战争。墨索里尼尽管在表面上欢迎第二个法西斯国家的诞生，但实际上他对于德国的元首并不热心。因为狂热的日耳曼德国对奥地利以及巴尔干各国都有野心。而在这些地方，他们之间确实存在着很大的冲突。更不要说一直将德国视为敌人的苏联了，德国已经成了一座孤岛。更让人惊讶的是，此时德国的武装与邻国的武装比起来，简直不值得一提。

"这个前奥地利下士到底是在搞什么！"龙德施泰特对于这样的局势再也忍不住了，他觉得希特勒简直就是胡闹。照他这种方法，即便是让德国强大起来了，也难以抵抗四处的敌人。万一四周的国家联合起来对付德国，凭靠德国现在的实力，顷刻之间就会变成废墟。

形成这个危局的原因并不是单方面的。德国在一战之后深陷凡尔赛体系的重压之下，军事和经济乃至社会局势相继发生危机。在纳粹的强大执行力和执政团队中几位优秀经济学家的大力整顿之下，德国的一切秩序才逐渐恢复正常。这不仅为纳粹政府带来了民间的拥戴，也引来了周边国家的再次警惕。即便德军在未来不会真的强大起来，如法国等邻国也会将这种敌意继续保持下去。毕竟，在英国这种力求欧洲平衡，又在外交倾向上有很大不确定因素的国家面前，谁也难以保证会不会成为下一个在其牵头领导下共同讨伐的对象。而一个经济强大军力平庸的德国，显然是比法国这种手握欧洲最庞大陆军的角色，是更安全的结盟对象。以英国的海上实力和殖民地势力，法国尽管对德国声声威吓，却也不敢擅自超越凡尔赛框架对德国进行过度压榨。然而，欧洲两大列强之间的这种勾心斗角却正好成为了希特勒手中的一张王牌。

希特勒在 1933 年 5 月 17 日的演说，让龙德施泰特不得不史无前例的折服。他在这次称为"和平演说"的会议上，想要做的第一件事，就是宣传裁军以及和平的方法，来迷惑德国在欧洲的敌手。这是他一生当中最为漂亮的演说之一，是欺骗宣传的杰作。他不仅深深地打动了德国人民的心，让他们能够团结在自己的身后，同时也张大了眼睛寻找他们集体甲胄中的弱点。这样一来，就连国外都对他的举动造成了一个深刻的善良的印象。而事实上，这次演讲是有着铺垫的。前一天，罗斯福总统刚刚向 44 个国家的首脑发出信件表示，美国有在裁军以及和平方面的计划和希望，并主动废除了一切进攻性的武器。希特勒很快便响应了这次呼吁，在他的内心中，他把别人的舆论当成自己政治舞台上的一个工具，并更加充分巧妙地利用了它。在外交舞台上，希特勒用欺骗的手段，让国内外并没有发现他真正的野心。

希特勒声称德国不愿意同任何国家缔结庄严的互不侵犯条约。因为他并不想进攻别的国家，而只想谋求自身的安全。这次演说不仅蒙蔽了德国的高级军官，也迷惑了国外，让原本对希特勒领导的德国变得忧心忡忡的世界感到又惊又喜。然而他们错了，希特勒所鼓吹的"战争会造成现有社会和政治秩序的崩溃"，纳粹德国并不希望把其他的人民"德国化"。他表示：没有任何理由能让德国人用战争手段把其他平等的国家的人民和土地变

希特勒四大爪牙·龙德施泰特

为德国的一部分,这是只有旧时代的军阀才秉持的思维。

　　这句话的巧妙之处就在于,表面上看,希特勒是在发表着一种和平宣言,这种友好让邻国放下了警惕之心。然而,这字里行间却透视着一个警告,那就是,德国要求与其他国家享有平等的待遇,尤其是在军备方面。如果不能得到这样平等的待遇,那么德国宁愿从此退出裁军会议和国际联盟,不再受到任何束缚和羁绊,我行我素后的德国将会猖獗地发展起来,这对于他国无非是一种威胁。

　　多少人利用和平的幌子,背地里发展军事,膨胀自己的野心。

第一次冲突

　　龙德施泰特被希特勒的"温柔"吓了一跳，他知道这是希特勒给世界各国的糖衣炮弹。尽管龙德施泰特对这些国际间的事情不是十分上心，但是毕竟这中间关乎着军队的发展。所以，他站在一个远远的位置上观察着时局的变化。

　　龙德施泰特有一点欣慰，因为希特勒远比他想象之中要狡猾得多。他不是一味的如冲锋队一样的横冲直撞，而是用他的甜言蜜语来化解目前的僵局。为自己在被围困在密不通风的暗室时，寻找一个出路，不得不说，这个"野蛮人"还是聪明的。

　　希特勒并不是一个只会说谎言的人。1933 年 10 月初，协约国坚持要在 8 年之后，才肯把他们的军备完全降低到德国水平。希特勒终于等到了这个机会，或者说，他一直就在寻找这个借口，一个从一开始就等待的借口。希特勒再也没有什么顾忌了，他成了受委屈者。于是他像受了伤一样，在 10 月 14 日的时候，突然愤怒地指控日内瓦不肯给予德国以平等的待遇。并宣告：德国决定立即退出裁军会议和国际联盟。

　　与此同时，他采取了 3 个步骤：解散国会；并宣布将他退出日内瓦会议的决定，交付给全国公民的投票来认可；到最后他还命令国防部长冯·勃洛姆堡将军向军队发出秘密指示，如果国际联盟对德国采取制裁行动，就要

希特勒四大爪牙·龙德施泰特

抵抗武装进攻。

在龙德施泰特看来，希特勒又在贸然行动了。他这一举措无非是在进行一场公开的赌博。而且万一这场冒险有持续下去的可能，后果将会不堪设想。万一他受到了制裁，那么德国也将处在一个非常危险的境地！这是多么轻率的行动！他开始担忧，这个激进的年轻人很有可能将德国带进两种境地：第一种就是如希特勒自己所妄想的那样，德国终有一天会向邻国进攻，并得到最后的胜利。而第二种，就是在希特勒这种贸然激进的带领下，德国将会更早地灭亡。这或许是一种自生自灭，而并非发动其他国家的一兵一卒，这是十分可怕的。

看来希特勒果真是想不顾任何裁军协定和凡尔赛合约，进行重新武装。他想在西方对付法国，而在东方对付波兰、捷克以及斯洛伐克的具体防线。他下令他所拉拢的军官团们，一定要尽可能地守得住这些防线。然而，龙德施泰特对于希特勒的这种做法简直是嗤之以鼻，对于他对目前德国军事力量的估计，想要守住这道防线简直是不可能的事情。"一战"的时候，德国的军队已经受到了重创。而在这之后不平等的凡尔赛条约，又让德国的军事力量得到了很大程度的削弱。不管希特勒在上台的最初说怎样发展军事力量，扩充军备，对于德国军队元气的恢复也不可能那么快，这需要一个长期的过程。

许多军官之所以不报有任何守住防线的幻想，是因为他们认为这是一种不切实际的想法。但事实证明希特勒是对的，他对国外的对手有多少胆略的估计很正确。他把对方的情报了解得极其到家，这是一件很不可思议的事情。这是希特勒反抗外面世界的一次惊人的胜利，这让大多数德国的将领对希特勒产生了钦佩。有这样一位强势的领袖，他们期待着德国人从此从第一次世界大战的窘境中脱离出来，这怎能不令人欢欣鼓舞。

龙德施泰特对于这一情况，他的心里却也出现了和德国人民差不多的情绪。他觉得或许这个人真的能一雪之前德国在"一战"中所承受的屈辱。然而，龙德施泰特是经过炮火硝烟洗礼的将军，在军中尽管对政治不多过问，但如今德国处在这种水深火热的时刻，就算他只是听听军中的议论，也会对时局掌握得一清二楚。在希特勒对外的问题上，他们的立场是一致的，而对内却存在着激烈的矛盾。

希特勒掌握政权不久，国防军针对希特勒的大量扩军与希特勒之间产生了分歧。国防军认为，希特勒这样大量扩军，只会影响到军队的素质和军队风气。同时也会引起西方列强的警惕，从此国防军与希特勒展开了长期的斗争。

1935 年，维尔纳·冯·弗里奇上将出任纳粹德国的陆军总司令。他是一个很有才能的老派军官，龙德施泰特一向与他关系密切。两人因为性格相投，经常在一起讨论军事，视彼此为知己。因为弗里奇这样的性格，海军上将雷德尔称他是一个"典型的参谋总部人物，"他显然是继勃洛姆堡之后，担任战争部长和武装部队总司令的人选。龙德施泰特当然支持这样一个军官，但戈林却不这样想。他觊觎着这个最高的职位。然而当勃洛姆堡建议由戈林担任他的继承人的时候，希特勒却否决说戈林太任性，既没有耐心又不勤奋。

龙德施泰特对弗里奇很是尊敬，这在军队中是十分少见的。这个倔强的而又高傲的老头，难得有一个很钦佩的人。凡事只要弗里奇一开口，他便全心全意的支持。然而，在纳粹的领导下，像弗里奇这样正直的人是不会有好的结果的。尤其是所在的这个高高的位置，更是成为了众多纳粹分子觊觎的对象。

1937 年 11 月 5 日，希特勒把德国海陆空三军首脑，召集到柏林的总理

希特勒四大爪牙·龙德施泰特

府。弗里奇当然也参加了这次会议,希特勒向他们阐述发动世界大战的计划,弗里奇当场第一个表示异议。他认为发动世界大战要等到一个好的时机,最主要是要在军队做好充分准备的情况下,才有把握赢得胜利。否则对于德国来说这将是一场灾难。

从这一观点来讲,龙德施泰特和弗里奇观点是一致的。然而,龙德施泰特没有向弗里奇那样愤怒。他的行事作风使得他在一定程度上,对希特勒做出了妥协。他已经是一名老将了,不会贸然在众人面前向希特勒提出抗议。另一方面,他认为这个疯狂的人一向都很幸运,就算是违背常理走到了死胡同也会冲出一条宽敞的大道。龙德施泰特已经习惯了希特勒的折腾,他也知道,希特勒的这种说法,自然会有一大批军官提出异议,在他的眼神也同样表明了他的立场。

不久后,公然反对希特勒的弗里奇,就遭到了盖世太保的诬陷,他于2月4日被迫辞去了陆军总司令之职。这件事激怒了正直的龙德施泰特,他对这种污蔑的卑劣行事作风感到恶心。他同情弗里奇的处境,觉得纳粹分子这样迫害忠良简直是无耻之极。他再也不想忍耐了,他一定要和希特勒理论一番。

此时的龙德施泰特在军官中属于资格最老的一批,就连希特勒本人也对他的才干有所认可。他见到了希特勒,愤怒地同希特勒争执,他要求将弗里奇的案件交给军事法庭来审理。那样,无论产生什么样的结果,他都不会再干预。

龙德施泰特清楚地知道,军事政变就意味着内战,而且军官团没有成功的把握。然而,弗里奇的这个案件给了他们机会,和其他军官团的人一样,龙德施泰特也想利用这次机会向元首提出自己的主张。龙德施泰特也有他的私心,那就是他和弗里奇的交情,这也使得他的行为有所激动。于是他挺身而出了,希特勒对于他的这一举动感到吃惊,同时也不得不有所顾忌。因为他意识到,连这样一位颇具声望的老将军都出面反对,这足以代表着军官团里面绝大多数人的态度。这是一股很大的势力,他不能小觑,于是他认真地听了龙德施泰特的建议。

事情的发展态势对弗里奇是不利的。因为海陆空三军中,空军总司令戈林以及海军总司令雷德尔,都是完全听命于希特勒的。而在陆军当中,他们不会倾向于他们倒霉的总司令。

龙德施泰特知道希特勒对于弗里奇的不满。但整个事件应该不是希特勒所为,应该是希特勒的手下盖世太保的阴谋。他愤怒地说希特勒并没有对整件事情进行严格的彻查。

没有好好彻查就对弗里奇的罪行下了定论,这样对一个正直、忠诚的军官是不公平的。希特勒最后同意了龙德施泰特的提议,允许他们对整个事件进行一次彻底的调查。

为了对弗里奇的罪名进行洗刷,龙德施泰特和一些陆军军官连同司法部进行了初步的调查,很快就确定了结果。是由于希姆莱和海德里希唆使秘密警察诬陷,他们找人作了伪证。有了这样的证据,龙德施泰特等一些军官很是高兴。这样一来,不仅可以洗刷弗里奇的冤情以及复任领导,而且党卫队和秘密警察的阴谋也会被拆穿,甚至希特勒本人都可能倒台。

事情并没有想象得那样乐观,那个龙德施泰特口中狡猾而又机智的前奥地利下士,再次幸运地赢得了胜利。他于 1938 年 2 月 4 日时,命令说:"从现在开始,我决定亲自接掌整个武装部队的统帅权。"

接下来,包括弗里奇在内的 16 位高级将领接受了解职。军官团也曾谈论过军事政变,但仅限于谈论而并未得到实施。龙德施泰特自然知道反对希特勒的后果,像他这样的老军官,充其量希特勒只能是让他辞职回家,他

希特勒四大爪牙·龙德施泰特

的威望在那里,更何况,目前希特勒还不想谋害他。一方面是因为他这样一面旗帜,对于希特勒日后的活动还有利用价值。另一方面,龙德施泰特对他的反抗是有限度的,他到了这个年龄,已经对军中上层组织里尔虞我诈的争斗厌倦了,就算是回家养老也是说得过去的。希特勒估量这个老人也不会对纳粹做出什么反抗的行为,所以,龙德施泰特才免受了盖世太保的迫害。

短暂赋闲

德国的野心随着军事力量的贮备一点点不断地扩张,希特勒所筹划的战争即将打响,波兰即将首当其冲遭受德国军队的蹂躏。

就在这个时候,希特勒想找一位颇具威望的老将领。目的是想一呼百应,带领德国军队进攻波兰。希特勒见龙德施泰特深受德国军队将领和德国人民的尊敬,便将龙德施泰特提升为上将。

在即将挑起战争的时候被希特勒提升,任谁都很清楚希特勒的意图,但是龙德施泰特并不想承担这种荣誉。因为一旦接受了就等于要去按照这个狂人的意图,去用非正义的手段完成他的野心。即使这对于德国的未来是好的,可龙德施泰特却不甘心被这样一个疯癫的人摆弄。更何况在这个时候,他们并没有准备好,即使可以攻下波兰,但是想要对付美国或者英国都是极有难度的。

放弃是正确的选择,此时在龙德施泰特的心中,几十年的军事生涯已经让他疲倦。尽管他希望他的国家强大起来,可希特勒一直以来的不按常理出牌已经让他感到了厌烦。他想回家安安生生的过个晚年,对于家庭他有太多的歉疚,是该弥补的时候了。龙德施泰特向希特勒递了辞呈,决定从此退出队伍,不过问军事了。在做完这一切之后,他觉得自己终于可以再也不用去理会希特勒,再也不用参与那邪恶的战争。即使外面炮火连天,他心

希特勒四大爪牙·龙德施泰特

里也是安稳的。即使像一个寻常国民一样，有一天会死在反抗者的枪下，他也认了。因为这些都比违心做自己不想做的事情，要安稳快乐得多。也许是年龄的关系，也许是天生的性格，这种固执一直影响着他的处世，也是无论如何也改不了的。

在完成了脱衣、摘帽等一系列的动作之后，龙德施泰特开始刻意地平复自己的心情，不到一分钟的时间，他终于恢复了原本的庄重。他对妻子说："你知道吗？我终于可以好好的休息了。"高兹是一个十分聪明的女人，她明白丈夫的意思，他这样放松就是因为不用上班了，他退伍了。这样也好，至少他不会再为军队中不顺心的事情而忧虑。

日子一天天过，没有了军队中的那些烦忧，龙德施泰特整个人精神也变得非常好。平时他会做做运动，除此之外，他也经常会在家里看侦探小说。这次他不用在办公室的抽屉里偷偷看了，这样的日子让他感觉十分舒心。他想，他的晚年应该就是这样度过了吧，大半生的时间他都投注给了军队，而自己的晚年却和军队没有了一点瓜葛。想到这里，龙德施泰特的心情忽然沉了下来，他并不是多愁善感的人，但时间一久，他又有些想念军队了。曾经一度，痴迷军事，他的童年、他的青春，一直生活在军事当中，他是天生的军人。然而，让他就这样割裂了和军事的关系，割裂了原本的自己，他心里依旧是万般不舍。可能一段时间的远离可以让龙德施泰特感到放松，但时间一长，他就又想回到原来的地方，做着和原来一样的事情。就像是习惯，已经形成了，是很难改变的。军队的生活已经和他紧紧地联系在一起了，在他的生命中扎了根，形成了一种秉性，改不掉了。

人生的道路是弯曲的，前方会发生什么事情我们不能预料。而每个人的际遇和结局，没有到最后的关头，谁都不能下定论。

第三章

闪击波兰

重归战场

　　波兰有一条河流叫维斯瓦河,也许今天到此游览时,仍能听到昔日战场上的故事。德军闪击波兰的时候,两国间军事实力上的巨大差距是难以想象的。尽管波兰也有一些保家卫国的军事指挥家,他们骑着战马,挥舞着指挥刀,然而冷兵器时代的战刀怎能抵抗住纳粹德国的坦克军团。更何况龙德施泰特采用了南北夹击的战术打法,使波兰陷于腹背受敌的境地。

　　在波兰拒绝归还因《凡尔赛条约》瓜分的德国领土但泽走廊地区时,希特勒命令陆军最高统帅部制定了"白色方案",并要求在 1939 年 9 月 1 日之前必须做好一切准备。

　　这时,被急招回军队的龙德施泰特知道要攻打波兰时,心里不免有些躁动。其中既有担忧也有兴奋,其实在他的心里不太赞成希特勒某些政治上的观点。一年前他的主动请辞就是一个最好的证明,但现在他之所以回来,是因为自己对挚爱事业的渴望。同时,也是一种军人的荣誉感在召唤着他。

　　龙德施泰特是从来都不畏惧希特勒权威的人,他根据长期以来的实战经验和对敌情的掌握,大胆向希特勒谏言:"波兰是英法在欧洲地区的军事联盟,如果攻打波兰,英法是否参战还是未知数。可一旦参战,必将再一次引起大规模的战争,英法联盟的实力也大于德国。到那时,德国的处境将会

希特勒四大爪牙·龙德施泰特

非常危险。"

在战场上，博弈的双方，知彼知己是重要的先决条件。对于龙德施泰特的警告，希特勒思考了很久。他认为，德国侵占奥地利、捷克斯洛伐克的时候，英法等国只是在外交上给予谴责，并没有进行实际支援。相对于波兰而言，英法两国也同样持着这个态度。

面对希特勒如此坚决的态度，龙德施泰特明白尽管自己的话对希特勒有一定的影响，可这些都不会令希特勒改变初衷。此时，德国的命运已同希特勒紧紧地连在一起，他只好为了这个国家，把自己绑在希特勒的战车上，同他一起战斗。

1939年的整个夏天，德国军队都在为入侵波兰积极地准备着。大量的德军集中在两国的边界处，似乎在预示着这场战争是不可避免的。

波兰人感觉到危险正在朝着他们一步步逼近。德国在两国的边界处集结了军队，可是他们不认为德国真的会攻打波兰。作为已经与英法结成军事同盟的国家，英法两国承诺会给予波兰军事上的支持，德国不会不考虑这点。即使开战，德国也不会派大量的部队进攻波兰。德国人最主要的目标在西线，因此一定会把大量的兵力派到那里，攻打波兰的只是一小部分兵力。实际上，处于对峙状态的双方最不该产生的，便是轻视对手的心理。

为此，波兰人为防备德国的进攻制定了"西方计划"。根据计划内容，波兰动用了40个师、22个旅，组成了7个集团军。在两国的边界处部署兵力，并集中兵力守护德国在西边的攻势，夺回被德国侵占的东普鲁士。同时，在西线的英法两军也会展开对德国的攻击，这样一来，德军受到东西两面的夹击，很快就会被赶出波兰，最终波兰一定会取得这场战争的胜利。

可是，这仅仅是波兰人美好的愿望，他们没有预见到德国对波兰其实已经下了势在必得的决心。

大战前夕,希特勒已经命令过最高统帅部制定好了"白色计划"。这个计划的目的主要是入侵波兰,显然希特勒已经失去了耐心,他是一个急性子的行动派。

　　法国政府先嗅到了德国人的杀气,他们觉得大事不妙,认为德国的下一步行动目标一定是波兰。便开始催促波兰政府,让他们立即想出抵抗德国的办法。此时的波兰确实处在令人头痛的状态,全国人民似乎还在睡梦中,他们甚至连一个完整的对抗德国的军事作战备忘录都没有。

　　在法国的催促下,波兰终于慢吞吞地制订了一项对抗德国人的"西方计划"。这未免有些尴尬,一个国家的国防大事居然需要另一个国家来操心,这确实是很少见的。

　　事实上,事情也并非像人们所想象的那样。其实波兰人压根儿就没把德国的威胁太当作一回事儿。他们有自己的小算盘,并且很早就把军队平行地部署在德国和波兰的边境。计划好在西面守住德国人的攻势,同时在北面夺取东普鲁士。波兰人认为英法在西线会发起攻击,形成东西夹击的态势,他们预计只要一个月就能打败德国,快速结束战争。事实上,波兰人太小看德国的实力了,同时也高估了英法的实力,更加错误地判断了英法的态度。

　　从波兰统帅部这个作战计划,就可看得出他们有多么天真。此后,英国政府帮助波兰,制订了一个颇具攻击性的军事行动计划,得到了波兰总统的认可。

　　波兰军队和政府高层有相当一部分人认为,德国人采取的行动只不过是虚张声势。两线作战的德国人根本没有力量发动太强劲的攻势,只要波兰军队在两国交界处作出坚决的反击,就能很快击溃德军。实际上,这种乐观是很可怕的。随着时间的推移,乐观的态度在波兰的高层中蔓延开来。他

希特勒四大爪牙·龙德施泰特

们动员了 40 个师 22 个旅,组成了 7 个集团,沿着德国和波兰的边境一字排开。只留下了一支较弱的集团军部署在后方,这种战略部署使他们在后期吃了很大的苦头。

德国在这段时间里不断对波兰施加压力。一直到了 1939 年 4 月 3 日,英法之间结成联盟。为了各自的利益,他们不能眼睁睁地看着波兰就这样被德国吞并。即使英法和波兰之间并没有将这种"保护"落到实处,也没有形成书面的条约,但波兰人已经开始欢欣雀跃了,欧洲的两大霸主竟然要在国防上给予他们保护。这样一来,波兰还会有什么危险呢?波兰高层的这种放松的心态,对于德国来说显然是一种优势。

在这种关键的时刻,龙德施泰特再也无法放松了,他得知英法结盟的时候就知道事情要不妙了。此时,英法联军和德国已经开始对上了阵,只要德国这边稍微有一点动静,给波兰造成更大的危机,英法就会立刻行动。要知道,单单一个英国已经够德国应付了,现在又加上一个不容小觑的法国。另外,即使波兰是弱小的国家,但是他的军事力量仍然是不能忽视的。想到这里,他又开始对希特勒厌恶起来,觉得希特勒的激进贸然很可能将德国带入到更大的灾难当中,他认为这显然是愚蠢的行为。

龙德施泰特再也不能坐视不管了,他希望凭借他在军队中的威望亲自去说服这个激进的年轻人。

两人一见面,龙德施泰特就单刀直入地和希特勒谈起了波兰问题。

龙德施泰特对希特勒说:"我仍然认为这个时候入侵波兰不是聪明的做法,如果元首仍旧坚持,那么我们亲爱的祖国很有可能陷入到重重危机当中。"

他这样一边说着,一边注意着希特勒的表情变化。希特勒是一个固执的人,实际上龙德施泰特此行并没有把握将他说服,但他仍然要坚持这样

做，即使因此惹怒了希特勒，他也无所畏惧。

　　见到龙德施泰特时，希特勒还是有些耐心的。但当龙德施泰特说到第二句的时候，希特勒就开始显出了不耐烦，他的面部表情变得十分严肃。

　　希特勒对龙德施泰特说出了这样的话："波兰人民会为此欢欣鼓舞的，因为只有我能带领他们成为强大国家的子民。"

　　希特勒说话时始终仰着头，没有看龙德施泰特。龙德施泰特对于希特勒的这种态度感到十分气恼，但他也看得出希特勒的态度是坚决的。他知道无论说什么，希特勒都不会撤军。考虑到这些，龙德施泰特就没再说什么，面无表情地离开了。

希特勒四大爪牙·龙德施泰特

直捣华沙

　　紧绷的弓箭总会有离弦的一天。当希特勒在 1939 年 9 月 1 日入侵波兰的时候，龙德施泰特一直担心的事情终于发生了，第二次世界大战就这样爆发了。作为军人,他希望在武装对战中实现军人的价值,但他对自己的祖国怀着一种无上的热爱之情。在龙德施泰特看来,德国挑起战争是自掘坟墓的行为。但军人以服从命令为天职,剑已出鞘,节节胜利已成为首要目标。希特勒任命龙德施泰特担任波兰"南方"集团军群司令。8 月 24 日,龙德施泰特正式接管了集团军群,这让他感慨万千。毕竟他已经是六十几岁高龄的老人了,再次担任军队的指挥官让他的内心五味杂陈,既有兴奋、又感到肩上的担子很重。

　　局势已经十分紧张了,德国闪击波兰的第三天,如龙德施泰特所设想,英法两国履行了对波兰的条约承诺,于 9 月 3 日对德国宣战。

　　龙德施泰特此时的心理是十分复杂的。一方面,他讨厌战争,因为战争的确不是一件好事;另一方面,他作为一名军人,就是为了战争而存在的。在战争中,发挥他的价值和才能才是他生存的真正意义。如今,战争已经开始,他无法制止,就只能尽其一切努力在战争中确保德国部队始终处于战无不胜的状态。这是他该做的,也是他要努力去做的,更是他必须去做的。

　　龙德施泰特率领了 3 个军团共计 36 个师, 在 9 月 1 日的拂晓对波兰发起了进攻,战争开始了。龙德施泰特与幕僚们在一处教堂中,这里是他的办公区。外面的炮火间断性地响起,龙德施泰特和高级幕僚们吃着丰盛的早餐。他知道如何在紧张繁忙的工作中调节气氛,这是作为一名高级军队将领所必需的素质。在这种重要的关头,如果指挥官先乱了阵脚,那么接下来乱的就一定是整个部队了。

在"南方"集团军群总司令龙德施泰特的命令下,李斯特将军指挥着第十四集团军攻占了上西里西亚工业区。接着,第十四集团军的一部分兵力越过贝斯基迪山脉,向塔尔奴夫进攻,并从西面进逼杜纳耶茨河。

9月11日,快速推进的第十四集团军越过桑河,顺利赶到龙德施泰特所设定的拦截点。9月16日在俄罗斯边境地区,一举包围并歼灭了波军各集团军残部。其实,第一次合围行动早在9月13日就已经发起了,在德军第十集团军的精心部署下,总计成功逼降俘虏了波军数万人。而在两个集团军向前挺进的同时,北翼的各个兵团也同步快速向华沙推进。就在十四军渡河的同一天,德军位于战场最前方的坦克军团已经对华沙形成了叩门之势。然而就在这个时候,第八集团军的北侧突然遭到了波兰军队的袭击,这一突发情况让第八集团军和第十集团军不得不停下脚步,以便专门应付这支波兰奇兵。

第十集团军绕到波兰部队的东侧,准备和第八集团军进行两面夹攻。但是,这支部队的规模、作战意志和战斗能力之强大,超乎了所有人的想象。在发现德军对其夹击之后,这支波兰军队选择向两翼突围,力图实现反包抄。在此过程中,波军一度击破了另一集团军的侧翼,造成了不小的混乱,最终迫使多个集团军不得不卷入到战事当中。这支异常英勇的波兰部队仍然毫无畏惧之意,连续左突右冲,德军因此伤亡不小。9月16日,德军才终于完全控制住了包围圈的局面,消灭了这支波军。这支部队坚持了整整两天才被击溃,这让许多德国人感到非常惊讶。

希特勒四大爪牙·龙德施泰特

不过，这也只能是波军最后的英勇了。19日，波方残余的19个师和3个骑兵旅，共计十七万人被迫向德军投降。320门火炮、130架飞机、40辆坦克均数落入德军手中。

龙德施泰特奉命率部攻占波兰首都华沙，并且限定在9月底以前实现这个战略目标。9月25日，德军开始采用炮击进攻华沙。

9月27日正午，龙德施泰特来视察第十八师的情况时，突然收到了波兰军队请降的消息，随后他下令停止炮击。28日，波军宣布投降。30日，第十一集团军攻占了莫德林要塞，整个波兰战役宣告结束。

德军进攻波兰获得了成功，龙德施泰特以卓越的战功被授予骑士铁十字勋章，之后被任命为东线总司令。希特勒让弗兰克做龙德施泰特的助理，可龙德施泰特并不太欣赏这位狂热的纳粹分子，他所尊重的军人应该是普鲁士式的传统军人。此后两个人的共事期间常常出现意见不一致的情况，不过这种情形并没有持续太久，10月18日，龙德施泰特收到了新的任命，此后他主导了给他带来更大名气的重要战役。

第四章

从"黄色方案"到"曼斯坦因计划"

特殊的"小"人物

战争来临时,总有属于它的人出现。这句话在"二战"的历史进程中被多次验证过,一些人的好战基因被硝烟和炮火所唤醒,他们在侵略战争中获得的功勋和所犯下的罪行,是其他普通人难以想象的。曼施坦因正是这样的一个人。

在第一次世界大战之前,欧洲的军工研发和生产能力基本处于持平的阶段。在"一战"的各大主要陆战场上,持久反复的阵地战也基本验证了这一点。不过,实用化的重机枪和坦克等武器,虽然在战争整体的结局上没有造成决定性的影响,却依然引发了人们对于这些新式武器改变战争概念的思考热情。于是,继"一战"时期的精密枪炮之后,这些威力更大的武器成为了各个欧洲老牌国家军事院校和军工产业的新焦点。当然,对于军人来说,如何制造武器是不需要关心的,他们所关注的是这些新奇的玩意在战场上的表现。

1939 年,在龙德施泰特高资广历的光环下,弗里茨·埃里希·冯·曼施坦因尽管已经官拜参谋长官,但在客观上仍然只是众多仰望着这位老帅的小字辈之一。但这不能阻止他在自己的军旅生涯中,寻找展现自己的机会。军人家庭出身的他似乎天生就对战争有着颇为深刻的敏感性,"一战"的爆发使他真实地品尝了战场的滋味。但更加幸运的是,这场战争让他有机会

希特勒四大爪牙·龙德施泰特

认识到将机动、防护和火力集于一身的终极陆战武器——坦克的威力。

少年时代的曼施坦因就不止一次地被教导过火炮对于军队的意义，这让他对固定式火炮的价值从小就耳熟能详。但在"一战"之后，他对让火炮和机枪在钢铁铸就的战马身上驰骋突击产生了更大的兴趣。由于战后德军在凡尔赛体系下被迫缩减规模，加上身负"一战"军功，作为骨干军人的曼施坦因的仕途堪称是一路绿灯。9年后他成为少校，任职于参谋本部。常年对外访问并了解其他国家军事情况的他，开始逐渐在心中形成了一套属于自己的军事理论。

在德国，军人是一种特殊的行业。它既和其他国家的军人一样是国家政治机器上不可或缺的组成部分，同时又具有着某种带有德国人在本职工作上精益求精的态度。可以说，当法国的拿破仑将战争变成了个人智慧和兴趣的代名词时，德国人却凭借着他们独有的认真和敬业，逐渐将战争变成一门真正意义上的严肃而精确的学术门类。曼施坦因就是在这种军事思想环境中成长起来的。

虽然早在资产阶级崛起之前的年代，军事学院就已经在欧洲的多个国家成为了人才培养的主要机构。但能真正做到在"硬件"和"软件"上与时俱进的却寥寥无几。这主要是因为经过数百年的发展，欧洲各个国家间的势力此消彼长的速度已经越来越迟缓，欧洲军事霸权俱乐部的玩家只剩下了英、法、德、意等几个国家，它们已经代表了全欧洲乃至世界最尖端军事思想与作战武器的发展趋势。二流国家在军事发展的全面性上已经被远远抛在了后面。这种垄断，既成为了强国对弱国予取予求的王牌，也成为了强国彼此之间军事安全的保证。一战的爆发已经说明了这一点，在第一次世界大战中，这种平衡其实是非常片面的。

不得不说，经受了实战洗礼，并熟知外国军事发展状况的曼施坦因，在思想方面的前卫性与他身为德国军人的学院派作风之间没有发生冲突,这主要是因为他大胆而极富创意的行事风格和骄傲高昂的志气。他在想象中选定并为之认真拟定作战计划的假想敌并不是那些小国,而是同为欧洲传统强国的近邻——法兰西。

从某种意义上讲,"一战"后,德国民间和军界的心态和在法兰西第二帝国覆灭之时,被迫和德军在巴黎签订屈辱条约的法国人有些相似。德国是"一战"的发起国之一,但德国民众却也同样深受这场战争所累。战争期间消耗了大量资源,战后被迫割让土地。付出了资源与金钱,甚至失去的军队,这一切都使得德国受到了尊严和物质上的双重打击。法国和英国依《凡尔赛和约》,对德国进行大肆勒索,这种怨气在民间普遍蔓延。在曼施坦因的身上,这种情绪表现得更具有现实主义色彩。一直以来,法国的国防阵容都印刻在他的心中。同时他也深知,这个被马奇诺防线保护着的庞然大物,其阴影也时刻笼罩在德国的边境上。只有击败它,德国才能再次获得安全和尊重。但除此之外的其他附带后果,就不在他的考虑范围之内了。对于一个传统上的德国军人来说,他唯一需要关心的是怎样打好仗、打胜仗。

希特勒四大爪牙·龙德施泰特

流产的"黄色方案"

在攻击波兰之后,德国对外扩张侵略的意图已经昭然若揭了。在此之前,英法为了避免因与德国直接的兵戎相见,致使第三方捷克斯洛伐克受到了波及。让德国控制的地区从德国本土扩展到南连奥地利,东接捷克斯洛伐克的大面积区域。这就可使德军下辖的军事力量和工业生产能力、资源拥有量等得到很大程度的提升。

这使得希特勒的兵锋从正西、西南和正南三面直逼位于东西欧交界处的波兰。如果德国集合部队对波兰发动进攻的话,那么曾被苏联红军围困在华沙的一幕就可能会重演。这样一来,整个东欧将完全成为德国和苏联这两个与英法关系并不友好的国家的势力范围。

直到此时,法国终于开始察觉到事情不妙,希特勒的野心太大了,超出人们的想象。他推动局势变化的决心,也显然比他在绥靖会议上那些信誓旦旦的说辞显得更为坚定。

英国方面,对于事态发展的想象要比法国更深一步。考虑到早期苏波战争时期,代表资本主义势力的英法和苏联结下的怨恨。如果德国下一步攻占波兰,又与有着丰沛资源的苏联结成同盟,那么再多的封锁和禁运对于德国来说都不再具有任何现实意义了。

来自波兰等国的钢铁和苏联近乎无穷尽的原油供给,能让德国的战车

与飞机无所顾忌地驰骋于整个欧洲。而二者及其下属的各个仆从国家所组成的超级势力圈，更是将对英法等欧洲老牌列强国形成重大威胁。因此，绝不能采取坐视不理的态度。

但反过来，采取何种手段来制约德国，需要依据怎样的标准来实施，这显然是个难题。德国尽管咄咄逼人，但是并没有对波兰有任何实际性行动。如果此时对德国进行比较严厉的压制，这反而会加快它侵略他国的步伐，威胁到波兰的安全。权衡一个适当的度，成为摆在英法面前的难题。

苏德同时瓜分了波兰的土地，德国得到了一直以来期待的通向资源宝库苏联的道路。苏联则报了波兰当年和英法联手，欺压威胁刚刚成立的苏维埃政权之仇。

双方代表在波兰被占领的土地上握手缔约，宣布苏德两国将保持友好关系。

为了亡羊补牢，英法两国终于开始认真地针对德国进行前沿部署，大批的部队和军械被运往荷兰，比利时等位于德国侧面边境外的国家。先期的作战目标，是以防御德军可能对这些地区进行的攻略行动，避免直接如同"一战"时突入法国境内威胁巴黎的安全，同时配合进一步的严密封锁和资源禁运来压制德国的动向。等到人员集结完毕及各地部署完成之后，再对德国进行威慑，或发动多角度攻势，这将是轻而易举的。由此次部署军队的位置可以看出，英法进行防御所围绕的侧重点仍然是位于荷兰与比利时背后的反德大本营——法国。

英法的一举一动，很快就通过德国驻各地的明暗消息人员传回了柏林。事实上，早在进攻波兰之前，突击法国一雪"一战"前耻的想法已经在他的脑中酝酿多时，英法的宣战让他更加坚定了这种想法。

1939 年 10 月，他正式下达了第六号指令，命陆军总司令部开始着手

希特勒四大爪牙·龙德施泰特

准备对西欧各国的进攻计划。尽管包括波兰在内的前线胜利,已经让大多数德国军人热血沸腾。但是面对曾经给德国留下深刻战败阴影的英法两国,德军高层仍然采取了非常谨慎保守的态度。

"一战"时期,小毛奇以"施里芬计划"为蓝本做出的战略部署,投入到了对西线主要敌人法国的进攻当中。

由于过度迷信己方实力导致轻敌,而被英法部队拖入了不适合作为进攻者、拥有较长战线的德军的阵地战。加上在兵力配置的侧重方向上出现了较大的失误,使德军在英法联军一手营造的一系列消耗战战场上吃了大亏。加上对战情估计不足,最终导致兵力不济,致使他们得到了落败的下场。

这一次,制定计划的参谋将军们,回到了原本已经非常精致科学的《施里芬计划》的最初版本上来。对各个作战阶段可能发生的情况导致的兵力损耗和作战效果进行综合评估后,又结合了小毛奇当年导演的那场战争中一些积极的经验,并重新改造了这个战略方案后,将其命名为"黄色方案"。

"黄色方案"基本上还是使用了"施里芬计划"的老思路。只不过根据局势的转变,将东西两线作战改变为单独面向西线的作战,并将东线作为后方来进行部署。

平心而论,这个计划在当时来看还是具有一定道理的,它以一种比较典型的方式运用了德国所倚重的装甲突击力量。然而,最大的问题在于,所采用的思考方式和参照对象都是"一战"时期的。

在作战核心思想上,仍然以"比利时——巴黎"模式作为指导的观点和路线。这与旧时期的做法几乎毫无二致,难以达到出其不意的目的。也正因为这个原因,当希特勒拿到方案之后,他并没有对这套看起来变化不大的"新方案"表示满意。

毫无疑问,和上一场大战如出一辙的行为模式,不仅德国人知道,英法也必然知道。这就代表着,在德国发动进攻前,英法数十万军队必然已经集结在这条预设路线上,并打好埋伏、埋好地雷,等待着德国人大驾光临。这种情况下,突破二字只怕无从谈起。然而,在没有作出更好的替代方案之前,这确实也是唯一能对法国实现最大威胁的进攻方式。

希特勒四大爪牙·龙德施泰特

曼施坦因计划

在当时，对这套方案感到不满的并不是只有希特勒一个人而已。许多有见识的将领一眼就看出了这套方案中最大的问题，那就是它太老套了。

对于这条已经被敌人大致掌握的进攻路线，即便有波兰的例子在先，面对精锐程度要高得多的英法部队，德国人取胜的希望只怕会缩水不少。然而，与这些位高权重的将帅们态度相反的是，在听到这个消息之后，兴奋不已的曼施坦因开始着手制订一套基于自己对法国边境防御认识的进攻建议。

通过咨询好友古德里安，曼施坦因获知了使自己进攻路线具有现实价值的最重要的信息。那就是德军的坦克其实可以翻越比利时的阿登山脉。那里的道路虽然崎岖，但翻越它却并不是难事，各国军队在这一点上也是有共识的。德军通过此路径进入法国是可能的，却也需要极其严谨和高明的行动管制和指挥调控。

早在波兰作战时期，龙德施泰特麾下指挥部队实践闪电战的经历，为此类行军提供了充分的操作经验。

按照曼施坦因的设想，如果能从这里部署一支具有战术火力优势和一定兵员规模的奇兵。那么就完全可以避开法国不可一世的马奇诺防线和英法联军的抵挡,穿过比利时狭窄的国土,杀进其内陆。

经过整理之后,他将这种想法写成了一份文件呈交给自己的上级,也就是陆军总司令伯劳希契。并满怀期待地请求他,将此意见转呈制定作战计划的高层们审阅。

但现实却给了跃跃欲试的曼施坦因当头一棒,陆军总部和总参谋部对他的报告不屑一顾。陆军总司令伯劳希契,认为这份计划简直就是"危险的胡闹"。他拒绝将曼施坦因提出的建议纳入整体作战计划框架中。为此,曼施坦因和陆军总部两大首脑大吵了一架。但结果显而易见,他的资历与计划本身的可行性完全无法打动古板保守的高层。就这样,曼施坦因的第一次献计失败了。

应该说,曼施坦因的想法是对的,黄色计划的缺陷在某些情况下对德国来说,甚至是致命的。其中最大的问题就是兵力的规模,德国对英法已经构筑完毕的军事防御体系,进行陆地上的主动攻略,尽管有着从被占国或投降的从属国强拉来的兵员。但是无论在士兵素质还是作战的积极性上,这些临时组成的仆从军,显然无法与受英法支持和组织的,比利时与荷兰本土保家卫国的军队相比。精锐的装甲力量是必然冲在最前端的突击者,伴随这个重要角色进行辅助冲锋的偕同步兵,当然不能是这些来自异国的家伙。而当这些部队在进攻中消耗到了一定的地步之后,难免就要利用步兵的硬消耗来争夺阵地,只有在这种时候才可能动用外国部队来作为炮灰使用。但是,如果他们在战况激烈的时候临阵溃逃,那么带来的后果必然是灾难性的。

可以设想,如果德军真的按照这种硬碰硬的方式作战,"二战"的结局很有可能会变成另外的样子。但是,历史在这件事情上和大家开了个玩笑。10月10日,就在希特勒预定发动西线作战的一个星期前,德国的一

希特勒四大爪牙·龙德施泰特

位军官在乘军机飞越比利时的时候意外坠机。尽管他侥幸存活,但其随身携带的有关黄色方案的文件却因为没有足够的时间销毁,最终落到了比利时搜查队的手中。这无疑意味着,黄色方案的具体部署情况,已经无法实现保密了。这件事的发生令希特勒大发雷霆,勒令全军必须杜绝此类事情的再次出现。另一方面,这件事也让他开始重新考虑制订进攻法国的具体作战方案原则。

有人欢喜有人忧。情报的泄漏让曼施坦因看到了希望,他再次跑到了司令部去进谏。但很不幸的是,上级人物对他的看法没有一丝变化。而且这一次,对这个聒噪又胆大妄为的军官,感到厌烦的高层干脆把曼施坦因调离了参谋集团,一脚踢到基层作战部队担任军长去了。

心有不甘的曼施坦因没有放弃,他按捺住焦躁的情绪,静下心来等待将自己的想法付诸现实的时机。没过多久,希特勒亲自视察部队,接见各位新任军长。曼施坦因趁此机会向希特勒提出了自己的想法,虽然理所当然地没有被给予正面答复,但是曼施坦因颇具创意的计谋却给希特勒留下了深刻的印象。

法国建造的马奇诺及其延长防线,单从结构和规模上看确实是令人望而生畏的。它像一头窄长的刺蛇一样趴在莱茵区的西南面,如果采用正面攻打的战术,那么想获得胜利,应当付出的代价也必将是惨重的。但一旦绕过了这个堡垒火力的辐射范围,它将再也无法对掌握了主动权的德军构成任何威胁。而这就是曼施坦因计划的重点,绕过防线突入比利时,进而杀入法国境内的大门——阿登山区。关键是速度和火力,而这也正是闪击式进攻理论的核心。只要能迅速穿透比利时境内的这片区域,广阔的法国内陆就将立刻呈现在德军眼前。

尽管许多人对此提出了异议,认为法国和波兰的军事力量毕竟不可相提并论。但是,在曼施坦因眼中,这只是一种非常理性的进攻过程。阿登山区在习惯性认识里是一片易守难攻、不利于装甲力量快速突破的地区。在先期已经很大程度上认为,德军将踏着"一战"老路进攻,法国人在这个地区留下的守卫力量再充沛,也绝不可能强于布置在荷兰、卢森堡、比利时三地边境以及马其诺防线上的兵力。加上地形不利于坦克展开,而法国对于装甲武力的运用态度又异常消极。因此,利用德国坦克和摩托化步兵的速度优势,可以相对快速地在这里撕开缺口,这种仗怎么打都远比在比利时和荷兰边境,与那里早已做好准备的英法联军正面厮杀来得划算。虽然进攻阵型有些单薄、较少的兵力暴露在法军防线及其主力侧翼驰援范围之内,但是面对其背后的丰厚收益,这种不算孤注一掷的做法是比较值得一试的。

话虽如此,但这毕竟是需要在其中投入德国大量国防力量的战役计划。为了保险起见,希特勒命令参谋部,根据阿登山区等一系列在曼施坦因计划中选的进攻节点的实际情况,在国内和东欧占领区选择类似地形进行部署,以小批部队进行试验性攻防对抗,查看实际效果的可行性程度。

让很多人意外的是,经过整理修改和多次模拟实战的验证,这套方案被认为是有希望成功的。围绕曼施坦因计划修改后的"新黄色方案"很快出炉了。最初,军中还有许多保守派对此方案表现出不满,他们还停留在"一战"时的作战模式。然而,就在这个时候,龙德施泰特出面了。

在这段时间,龙德施泰特以一个职业军人的眼光对曼施坦因的"异想天开"默默审视观察。经过深思熟虑之后,他在一次会议上主动开腔发声,力排众议地对曼施坦因的方案给予了支持。并以一个形象的比喻阐述了这套方案的价值:"真正聪明的人不会用刀子去砍刀子,而是去刺杀拿刀子的人,这正是我们现在所需要的。"

希特勒四大爪牙·龙德施泰特

在此基础上，由于希特勒本人对于新方案也持着支持的态度，这使得各种非议渐渐销声匿迹了。

自此，波兰抽调回的部分德军精锐装甲部队，经过简单的休整和补养之后秘密启程，开往荷兰、比利时、法国等各国边境。在那里将按照计划被分为三个部分，根据最便于管控和调整的标准与摩托化步兵重新混合搭配，交代作战计划并分配各自所应当执行的任务。同时，在统帅部的命令下，开始从国内和占领区大量调集粮草弹药以及油料，并征召可以充当士兵的人员，不过以上这一切都是秘密进行的。全国上下尽皆秣马厉兵，准备迎接"一战"以来第一个足够分量的强劲对手。

在波兰曾经发生的一切，即将在法兰西的大地上重演。

第五章

法 国 战 争

时机与计划

在即将成为战线边境的另一边,相对于德国此时的积极准备,法国方面的反应看起来却有点耐人寻味。

在拿破仑时代,法国曾经一度享有"欧陆霸主"这一称号。但这种尊严的光辉最终却也燃尽了为法国赢得它的那位矮个子伟人的生命。法国人在拿破仑失败的教训中,认识到两个真理:其一,法国再强大,也无法对抗来自整个欧洲的敌意;其二,法国统帅再英勇睿智,也不可能让法军永胜不败。讽刺的是,另一个同样的例子偏偏也来自于波拿巴家族,他就是借着伯父的威名钻营投机上位的拿破仑三世。而作为一个法国元首,他的领导经历同样以沦为阶下囚作为结局。正是他如此贸然地亲征,给法德之间长达数十年的怨恨,加上在"一战"中作为主要战场的经历,使它的人民和军队流了太多的血。导致法国对于战争的厌恶和忌惮,已经成为了深植在上至统治者,下至平民百姓心中的一种普遍情绪。舆论导向也因为这种潜在想法的关系,继而不停地、无原则地鼓吹着"战争有害论"。

受这种社会思想的影响,法国庞大的国防力量的主动性被严重牵制,在德国和英国军事科技和思想快速发展的同时,出现了一定程度的滞后。"军事理论"对于它来说,也成为了只停留在字面意义上的存在。而马奇诺防线这道笨重牢固的防御设施的建造计划,之所以能够通过法国高层的审批，也同样不乏这种论调的影响因素在其中。进攻性的建设违背民心，而"防御总是无害的"。为了争取更多的选票，法国当局选择了这座耗资巨大的边境防御体系。而不是组建一支更符合法国平坦内陆需要的、攻防兼备的综合型军队。尽管军队内部的众多有识之士，都呼吁尽早组建一支不弱于德国的装甲和空中突击力量。以防备在意外情况发生时，因为缺乏强势抵挡和杀伤力量，面对敌人的进攻而变得束手无策。但这都被支持纯粹防御性政策的高层所压制。

这种一边倒的倾向静态防御的行为，经过媒体和民间意愿的烘托和炒作之后，逐渐发展为了一种自欺欺人的心理。在 1939 年，法国甚至还完全没打算对德国采取正面军事行动。因为根据盟军的计划，1940 年时将要在封锁德国的基础上，开始大规模扩充联军的装甲部队。以便能在此消彼长之下，确立面对德国的绝对数量优势。然后在 1941 年一切准备停当之后，再通过荷兰、比利时等低地国家进攻德国，由多国共同完成一次"决定性打击"。他们几乎从未考虑过在这种情况下，德国会对他们发动突然袭击。"一战"的经验和防线的牢固让他们盲目迷信己方处于优势，认为只要依托足够坚固的防御阵线和数量优势拖住德军，就可以以逸待劳地让德国人在消耗战中把血流干。这种思想让法国进一步神化了马奇诺防线，人们无不将这道貌似能将德国掀起的腥风血雨完全挡在外的防线，视为万能的终极守护神。而正是这种笃信，为之后的法国战役中，法国军民信心的快速崩溃埋下了伏笔。

英法这种散漫而又轻敌的心态，在波兰沦陷以后才有所改观。但是法西斯这头野兽品尝了前几个牺牲品的鲜血滋味后，已经不会给觊觎已久的敌人留下任何机会了。

而德国方面，现在摆在希特勒面前的，是一次史无前例的危险赌局。赌注就是德国最为精锐的主力装甲师和摩步部队全体成员的生命，甚至德国本土的安危。但如果成功了，摆在他和德国百万虎狼之师面前的将是一整座几乎与"不设防"无异的法国。

这是一场只能赢，不能输的战争。在战前的准备上，德国人特有的精细几乎被挖掘到了极点。除了严密控制情报携带和传递方式之外，为了能让已经获知了原"黄色计划"内容的法军和英国位于比利时等地的部队，不对德军主要进攻重点的改变有所察觉。德军参谋部将计就计地设计了一套兵分多路、暗度陈仓的作战方案。

由一支精锐的装甲力量，连同摩托化步兵团组成的 B 集团军群进攻比利时，以该集团军群作为诱饵和佯攻角色，按照原始版本的"黄色计划"中所既定的那样正面进攻比利时、荷兰等低地国家，诱使部署于这些国家境内的英法联军前来应战。同时，以一支规模和编成兵种与 B 集团军群相若的 C 集团军群，进逼马奇诺防线。这一布置的目的有二：一是为了让声势浩大的 B、C 两大集团军群将盟军主力和统帅们的注意力吸引过去，减少从中路突击潜入法国的 A 集团军群动向被察觉的风险；二是为了将英法联军的部队牵制在能够与比利时境内的本土守军汇合并驰援阿登山区的距离以外，利用在其前进道路上设计好的包围圈，吸引消耗英法军队的力量，以期尽量将中路部队进攻中可能遭遇到的阻力减到最低。

不过，在作战预想上，这种布置还有着更深一层的意思。那就是如果这次偷袭阿登的计划能够成功，接下来 B 集团军群还能与已经通过负责偷渡突击的 A 集团军群打开的通道，进入法国境内的德军后续部队形成前后夹击之势。共同切断英法联军补给线和退路，对其进行分割包围打击。但一切构想实现的前提，都是在行动开始的前几天内能否顺利完成预定的战术目标。如果作为进攻阿登山区主角的 A 集团军群作战被人发现并遭到截击，

希特勒四大爪牙·龙德施泰特

那么就意味着德军的最终意图已经暴露,英法军队的后援部队必将在A集团军群前进的道路上依托比利时和法国边境的墨兹河进行拦截,所有的后续展开都将无从谈起。

在这种情况下,德军将被迫转向第二套方案,即由在边境机场待命的战机起飞,强行轰炸敌方位于比利时境内与B集团军群对峙的地面部队主力,以便掩护和配合兵力较强的B集团军群发动强攻,突破英法的防线。与A集团军群汇合后再利用装甲部队的机动性优势将敌军分割歼灭,尽可能消灭比利时境内盟军的有生力量,使盟军在短时间内无力再争夺比利时的控制权。但这样一来,撤退到法国和比利时边境的盟军仍然可以依托墨兹河来阻挡德军,进犯法国的行动将难以实现。因此,对于德国人来说,这一次无论如何都要保证突袭阿登的行动成功。

担当进攻主角

在德国军事指挥的层次上,有一个非常有趣的特点。战略性的目标在早期就对各个级别的指挥员传达完毕,高层直接负责部署和规划的战斗任务仅仅局限于作战开始后的一定时期内。在初步作战阶段完成之后,战斗调动基本全部由前线的指挥系统,根据各阶段战略目标自行设定调控。开始阶段的部署往往非常细致,以达到能与基层指挥官后续动向实现较好接轨的目的。对于普遍能够忠诚执行命令,并且有着较强自主意识的基层部队官兵来说,这种指挥环境无疑是一种对战斗力的解放,也避免了过于细致而缺乏时效性的目标对基层作战人员随机应变的妨碍。但这一点同样有个前提,那就是对各个作战单位之间战情的即时了解。

"一战"时,战区之间糟糕的通讯情况,造成了交战双方多次出现战况不明的窘境。加上指挥官对形势和命令的误判,导致许多贻误战机的情况发生。因此,意外成为了德军作战过程中一个十分常见的问题。为了保障严谨的同时留下足够的指挥灵活性,作战前的规划和对敌军的评估,要尽量做到足够谨慎而理性。因为人人都知道,真正的战斗打响后,没有哪个对手会给你留下时间,从容地将各级司令官们叫回总部,举行全军战况通报会议。

可以说,在这种情况下,战役只要一开始,就已经决定了它的结局。

在正式发动法国战役之前，"黄色方案"的具体内容改了又改，从东线被召回准备法国战役的龙德施泰特的心情也随之而忐忑。他尽管并不是这次西线作战的主角，但却比任何人都更加关注这场即将发生的战争走向。

由于历史关系，对于包括龙德施泰特自己在内的不少德国军人而言，都不免有一种这是"一战"在延续的感觉。与法国、英国等国家军人的对抗厮杀即将再次上演的熟悉感同时出现的，还有上次战争中遭遇惨败的耻辱和苦痛。作为国家、军队和民族这三大集体成员的身份，使龙德施泰特难以用绝对理性的态度去看待即将发起的行动，这次的作战计划核心是他所支持的。当国家确定要执行作战计划的时候，提供一个最有利于它的方案，这是他应当尽到的职责。而同样地，当这场可能会再次令生灵涂炭的战争爆发时，作为其中一方的指挥官，龙德施泰特能做的也只有尽力去打好它而已。与不希望其他国家的民众受到伤害相比，他更加不希望这种事情发生在自己的同胞身上。

龙德施泰特并不为肩负的这种历史责任而感到恐惧，只是为没有在这个特殊的时候，发挥更大的作用而感到不安。也许对于他来说，由自己或其他任何一个真正的军人来担当赌上国运与军民生命的战场负责人，无论最终的结果是什么，也比由那个野心勃勃的元首推动这一切更加能让他感到心安理得。

从战术的角度来说，龙德施泰特以曼施坦因计划来作为这个战略行动的核心是无可厚非的。根据最简单的兵法理论，在总兵力居于劣势，又不具备强有力且可以依靠的防御体系的情况下。面对英法的重兵逼近，与其等到被动地陷入阵地消耗式的防御战状态中，再让精锐装甲和摩托化部队阻挡敌人进攻。不如兵行险着地，主动出击，削弱潜在的对手。然而，这并不是一次单纯的区域争夺战，而是一次武力水平相似的国家级别单位之间发动

的全面入侵作战,其背后附带的政治风险甚至远高于这场战争本身。与这种可能的后果相比起来,由战术策略上的价值和可行性所带来的希望看起来也显得浅薄,甚至带有了一丝荒谬的意味。毕竟,将百万人的生命作为筹码,谁也不能问心无愧地称之为是理性和成熟的行为。只可惜,到了这步田地,德国已经没有选择了。

以悲观的目光看待被自己所肯定的计划,是龙德施泰特作为一个军人不能容忍的。那么此刻,他唯一能做的事情,就是在自己的能力范围内,为一切可能发生的事情做好准备。无论结局是幸运的,还是不幸的。

龙德施泰特不知道,此时此刻,远在德国本土的曼施坦因所想的也是和他相同的事情。只不过,在他心中所充斥的,还有紧张和兴奋。

在作战计划紧锣密鼓制定的过程中,德国在海外情报机构的工作也如火如荼地进行着。大量有关于英法及其同盟国家军政情况的信息,通过各种渠道被传送到了德国。在分析师和情报参谋官们的手中被逐条处理分析,有些信息的内容是具有显著价值的。有些则仅仅是一些有关于这些国家人民鸡毛蒜皮的小事。但凭借事情与人物之间千丝万缕的联系,仍能得到很多有用的信息。这也是一直以来德国赖以掌握英法领导人意态动向,伺机进行各种行动的主要渠道。

通过这些信息,德国对英法领导人仍然认为不用进行直接交战,而单纯依靠兵力威吓,就能逼迫德国就范的散漫心态,以及并不算严密的备战情况,了解得非常透彻。更令德国人窃喜的是,在当时,德国凭借强执行力的政府,从经济危机的泥沼中成功脱身。加上法西斯所带有的古典式民族集权主义和军国主义特色,使英法在经济危机之后,对国内疲软政府感到不满的年轻一代人,对激进的法西斯思想颇有好感。这种情况与法国军人在充斥其社会的厌战舆论背景下,普遍出现的消极情绪,一同成为了影响英法联军作战精神状态的因素。至此,战场的主动权可以说已经有半数落入了希特勒的手中。

与情报工作相应的,是精益求精的军事准备工作。通过阿登山区进攻法国,这无疑是一场在投入规模上,将远超"一战"凡尔登战役投入级别的战争。为了制造出计划所需要达到的声势以迷惑英法联军,使之坚定不移地确信,德军仍然准备沿着之前制定好的"黄色计划"原始版本发动攻击。德军一次性动员组织了超过 300 万人加入这次战斗,但其中包括了大量民间临时动员未经系统训练的新兵,以及年近半百的"一战"退伍军人。由他们所组成的部分,占据了总计 179 个师当中将近三分之一的份额。作战能力让人难以寄予什么希望,因此只被考虑作为后备队和规模扩充。真正完成全部作战准备和所有训练的"全状态"部队,只占师团总数的一半。换句话说,排除在战争发动时,因为各种原因退出作战或非战争原因伤亡的部分,实际上还能派上用场的,可以投入正面战役的部队数量保守估算只占据兵力总数的 40%,合 120 万人左右而已。面对英法联军派往前线的两百多万大军,如果真的还按照"一战"时期的打法,几乎没有任何硬碰硬取胜的可能。

好钢要用在刀刃上。这个时候,参谋部在战争先期精打细算部署兵力的作用,就充分体现了出来。由这仅有一百多万人的强势部队其中 14 个师组成的 C 集团军群部署在荷兰边境,在预定时间和负责轰炸开路的空军一起对荷兰发起进攻。其间要尽全力攻破荷兰本地的防守,一路进攻直到抵达马奇诺防线为止,这里是不能碰的。但仍然要让部队保持一个随时可能发动进攻的态势,吸引马奇诺及其附近守军的注意力。就这样,与包含正面进攻比利时的整个 B 集团军群在内的其他近 80 个共同开赴前线的主力师,一同作为这场战役表面上的主要参战角色。主要的任务都是在制造声势,在牵制敌军的同时,根据划定的前进范围尽可能扩大战果。

当前面两个集团军群发动正面进攻之后,由龙德施泰特亲自担任总指挥的 A 集团军群,就将以 45 个包含最精锐的数支装甲师在内的部队负责突破阿登防区,完成强渡墨兹河并建立桥头堡,展开装甲部队向纵深继续突进的任务。墨兹河在 A 集团军群的路线上所在的位置,是由比利时进入法国境内后,通向巴黎的最后一道障碍所在。同时,也是 B 集团军群预定将要与英法联军在另一片战区彼此分立对峙,并组织袋状陷阱的地理标志线。也就是说,只要越过了墨兹河,就能来到位于 B 集团军群对岸的盟军侧翼,对其实行包围作战。只要将这部分盟军成功歼灭或击溃,法国境内将再也没有能够抵挡德军的力量存在了。

一切准备妥当之后,战争机器的引擎,终于发出了轰鸣声。

希特勒四大爪牙·龙德施泰特

明攻栈道，暗渡天险

　　1940 年 5 月，在夜晚，数十名德国伞兵作为先头部队，悄无声息地落入了荷兰境内包括海牙、鹿特丹等多个地方。用极快的速度夺取了当地几座主要桥梁的控制权，它们将成为 C 集团军群快速通过这里的主要道路。仅仅数小时之后，比利时境内的埃本埃马尔要塞也发出了一声巨响，随即浓烟滚滚。一组德国滑翔机突击队偷偷潜入了这里，用炸弹摧毁了这座要塞，成为德国西线攻势的第一道火光。

　　实际上，在战争还没有开始之前，人们就已经边境上修筑了要塞。这座固定要塞主要就是为了防范德国地面部队的进攻，装备有众多的轻重火炮。其火力和兵力机动投射范围能够覆盖至距离边境仅数公里处，因此成为了德国方面首要排除的对象之一。德国突击队解除了这座要塞对进攻部队的威胁，比利时守军被爆炸弄得晕头转向，很快他们就看到，大队乘坐着装甲车、坦克、卡车的德军如同变魔术般毫无预兆地出现在了边境线上，仿佛蚁巢里放出的黑色蚂蚁一样汹涌地流入境内。

　　硝烟弥漫的战火中，有许多假象。有时人们还没有看到部队的移动，还在心里信守着那一纸空文的条约，炮弹就已经在头上炸响。这正是德国人创造的"闪电战"，他们采用突如其来的战术，让你无暇面对，龙德施泰特的地面部队就是闪电战的中坚力量。在德国人创造的闪电战中，有一些地面部队是靠飞机或轮船运输的,有一些地面部队在乔装打扮中隐蔽前行。当他突然地出现在两军对阵的前沿时,往往使对方猝不及防。闪电战突出的特点就是以快制胜,龙德施泰特作为陆军元帅,深通闪电战的要领。

出现在这里的德军,作为诱敌部队登场的 B 集团军群,在指挥官多尔·冯·博克的带领下,与 C 集团军群同时进犯比利时、荷兰和卢森堡三地。实际上,在边境要塞被攻陷的第一时间,大量的施图卡轰炸机就已经从德国机场起飞,与地面部队形成紧密配合,搭载炸弹如同旋风般席卷了比利时等三国的机场、通讯中心、铁路和军事驻地,以及油料资源储备场等设施。将城市里阻挡德军前进的一切设施和资源都清除得一干二净,造成大量军民伤亡,排除了抵抗的可能性。而后,德军的地面部队才趁着一片混乱,顺利攻入城中,将正面巷战带来的损失减到了最小,贯彻了希特勒所希望的"廉价胜利"的概念。

应该说,B 集团军群的行动算是比较成功的,盟军的注意力果然被这突如其来的进攻所吸引过去。在这个时候,盟军指挥方面犯了一个很严重的错误,由于对德军在"一战"时推进速度以及以法国为最终目标的印象,他们过早地将部署在远离边境的成熟防御工事中的部队调离了防区。希望能在德军前锋抵达比利时境内的迪尔河和墨兹河之前,借助这两处天然屏障安排临时防线,将德军的推进阻挡在那里。由于德军这次带来了大量的重装甲和摩托化部队,如果用安置在那里的部队持续火力打击对岸德军,使之没有机会架设浮桥,德军的车辆是不能游泳过河的,想要打过河来需要付出非常大的代价。按照盟军方面的估计,仅仅在这一道防线上,德国人的本钱就将消耗大半。

从深一层的角度上来讲,这样安排的用意很复杂。不仅有借助更早期的抵抗来组织消耗式的阵地战,来更大限度削弱德军在推进过程中有生力

希特勒四大爪牙·龙德施泰特

量规模的想法。也多少有一些将战争和流血"留在别国土地上",并利用这一经历加深低地国家与德国民间仇恨的意思。根据法国方面按照"一战"时期与德军作战的经验,将交战线提前到比利时与德国边境附近。德军即便能在盟军的重重阻挡消耗下继续突破,抵达法国边境的时候恐怕也已经是强弩之末了。在盟军内部,尤其是法国方面对于这次战争结果的预判非常乐观,有些人甚至自鸣得意地认为"德国人这次连一块法国的泥巴也带不走"。

就在盟军方面将注意力完全集中到 B 集团军群身上的时候,这支侵略者的大军也没有让他们失望。盟军部队在墨兹河对岸集结的过程中,德军蹿入内陆的战机不断对行军中的盟军进行扫射和轰炸,袭扰阻挠各个地区的部队完成会合。努力摆出一副上次大战中进攻法国时,德军主力穷凶极恶的嘴脸。同时,德军还最大限度地利用了市民的恐慌,战机和战车的轰鸣伴随着枪炮成为了驱赶居民逃往内陆的鞭子,大队内逃的人流由此变成了德军的另一支"先锋军"。他们不仅堵塞交通,延缓了盟军集结的进度,也在无形中放大了来自前线的恐慌,对盟军部队的士气造成了不良影响。在这种背景下,双方都在向着墨兹河边前进,那里将会是英法联军和德军两大对手之间再次碰面的地方,也将是其中一方尝尽失败苦果的地方。

集结和进犯同时进行着,到了 5 月 14 日,B 集团军群的"表演"终于收获了最大的回报:盟军的临时防线在这一天的下午正式落成,超过 40 万的兵力云集此处。然而与庞大的部队规模相比,仓促落成的防御工事在规模和强度上却全然不成比例。忧心忡忡的士兵们真正能够依赖的,只有占据数量优势的空中和地面远程打击火力,以及面前并不算是非常宽阔的河流屏障。这一切显然无法让一线士兵们和后方统帅部的长官们一样,对德军抱着隔岸观火的乐观心态。毕竟,他们才是在敌军到达时将要拼上生命,与之进行战斗的人。然而，B集团军群的推进相比于盟军的集结却显得有些太过不温不火，它积极地清缴着一路上遭遇的抵抗力量和防御工事。但此时，并没有人意识到这支庞然大物是在拖延时间，以便让这些被吸引到北部战区的盟军部队，更加完美地陷入由德国参谋部和盟军的失误共同造成的险恶境地。

实际上，龙德施泰特麾下的A集团军群，早在B集团军群发动攻势的同时就已经悄悄启程，无声无息地压向了位于德比边境的阿登山区。就在C集团军群的荷兰攻势发动后的仅仅数十分钟，一路保持静默前进的A集团军群已经来到了德国和比利时边境地区。不过这绝不是一次愉快的旅程，受地形限制，包括克莱斯特的7个装甲师和多个摩步师在内的40多个精锐师团，不得不排列成密集纵队。这样虽然暴露的可能性最小，但也最容易遭受侧面打击。冒着被截断的危险，纵队战战兢兢地通过阿登山区。这里的道路狭窄曲折，要轻松翻越这座高地确非易事。此时，A集团军群并不知道其他部队的作战情况，他们也无暇顾及这些，而只是将注意力放在眼前，希望不要在通过这片区域前被发现。幸运的是，虽然这里离马奇诺防线很近，但那里的驻军并没有发现他们，而将注意力都放在C集团军群上。此时的C集团军群在边境处排兵布阵，并不时对马奇诺防线发动袭击。正因为他们忽视了在德比边境秘密行动的A集团军群，才使得世界人民迎来了一场在现实中持续了将近10年的噩梦。

客观上来讲，曼施坦因的判断十分正确。整个阿登山区是一个被人们所严重忽视的"灯下黑"地带。从来没有人实地验证过这片地方，究竟可不可以作为装甲部队和摩托化机动部队行驶的道路，就被人们想当然地按照猜测配以了"不可能"的标签。从阿登山区翻越的A集团军群就像一根尖锐的毒针，顺利地沿着山地公路插入了比利时境内。A集团军群的部队没有做任何停留，直接进入比利时和法国边境。也许是从压抑紧张的翻山过程中解脱了，部队的士气高涨的缘故，高效运作的数千台车辆，仅仅花了两天时间就完成了这段旅程。到了 5 月 12 日下午，法国的土地已经被德军碾压在车轮之下，浩荡奔流的墨兹河就横在德军的眼前。

到此时为止，A 集团军群的奔袭十分顺利。途中除了遭遇一小队法国轻骑兵和零星出现的比利时军队之外，连一点像样的阻力也没有遇到，全军几乎是以分毫无损的状态抵达了法国军事重镇色当。至此，战争野兽终于如同嗅到了血腥味一样亮出了它的獠牙，经历过波兰闪击战磨炼的精锐装甲师在古德里安的率领下，进行了突击攻势。

法国人做梦也没想到德国人会出现在自己的眼皮子底下，色当的守备队几乎无力抵抗，当日即告全镇沦陷。这里也成为德军在法国战役中占据的第一个重要城市，使其成为渡河前用于整备分编部队的临时驻扎地。因为从此时开始，除了建立桥头堡之外，统帅部交代的其他任务都已经顺利完成，接下来就是前线指挥官们自由发挥的时间了。而此时，在墨兹河另一侧流域的盟军正在与 B 集团军群对垒，他们还不知道战线的侧翼，已经完全暴露在德军战斗力最强部队的刀口之下。

势不可挡的冲锋

在总司令龙德施泰特全速组织通道强渡的命令下，A 集团军群的十几万人和大批车辆仅仅花了 24 个小时就成功渡过了河岸。并在渡口两岸部署了防线，以确保突击部队在开进的过程中一旦遭受挫折，可以顺利沿原路撤回，并得到掩护。其实，从全局角度来看，这个部署已经没有什么必要性可言了。

严格来讲，法国人对敌军从阿登山区秘密潜入的情况，并不是完全没有考虑到的，但是他们预计敌军最多也仅限于小股部队的执行侦察和骚扰性任务。因此部署在这一地区的只有一个集团军，且分布的十分稀疏，根本无力阻挡以坦克和卡车作为载具的摩步装甲组成的部队。而德军方面，已经把全部家底都交付给了这场战役，他们根本没有回头路可以走。从战争打响的那一刻开始，交战双方已经如箭在弦上。最终，只有胜者才能决定双方的命运。

对于希特勒来说，收到龙德施泰特从法国前线发回的"进展顺利，计划成功"暗语的一瞬间，大概是他一生中最为喜悦的时刻了。截止到 11940 年 5 月 12 日，英法军队的注意力和主力完全落入了德军统帅部的计划当中，使 A 集团军群按照计划顺利过河登岸，得以向盟军侧翼快速包抄。同时，在地面部队奔忙的时候，德国的空军也再次按照预先计划好的时机再次出

希特勒四大爪牙·龙德施泰特

动,只是这一次的规模,已经远远不是两天前轰炸比利时等国所能相比的了。整个德国空军的大小轰炸机几乎是倾巢升空,以多波次大批量的方式不间断地滚动轰炸位于墨兹河南岸的法军营地和炮兵集结地,投入的炸弹数量之多,持续轰炸的时间之长,几乎完全将南岸的防御阵地和防守部队摧毁,断绝了此处的法军分兵阻击德军装甲突击部队的可能性。在空军的掩护下,由古德里安、赫尔曼以及隆美尔等人率领的装甲突击师群深深楔入法国的纵深, 等到盟军方面发现墨兹河防线彻底失守的时候已为时已晚。

到了此时, 法国几乎是突然间发现境内已经处于无险可守的状态了。只要德军沿着已经打开的突破口持续导入部队,不仅会让在比利时的英法军队有遭到包围的危险,驻守马奇诺的法军也将处于腹背受敌的深度危险之中。原本依仗兵力宽裕又有足够的防守空间而显得从容不迫的盟军,在一夜间就成了惊弓之鸟。前线战情告急的信息不断被送到后方盟军统帅部的桌面上,为了拯救陷于危急的部队,拦阻德军前进的脚步。英法两国经过短暂的商议后,决定调动数百架轰炸机,在驻扎于法国的战斗机群护航下,对德军地面部队发动反击。力图破坏德军已经建立的后方交通线,截击并杀伤固定防线上的德军,以孤立前方深入法国境内的德军装甲部队。

在轰炸机队伍中,包含了最新型的布伦亨和布雷盖两型轰炸机,与护航的战斗机加起来总数将近 500 架。由于仓促行动,派出的战斗机数量相对有限,又没有适宜的战术安排。按照正常的“二战”空中轰炸的护航战术,应当保持战斗机的数量在轰炸机的两倍以上,以便于在前方专门组织起一批与地方空中力量纠缠并吸引火力的先期诱敌部队,使后继到来的护航飞机能比较从容地掩护轰炸机投弹攻击地面目标。但是盟军的战机分散于法国各地,一时间难以调集起来。而德军方面对此却是早有准备的。来自德国

本土边境机场的战斗机和地面部队的防空火力共同在空中制造了一张防护网，数量不足的盟军战斗机在保护轰炸机的同时，面对数量上占绝对优势，战机性能也更好的德军围攻，自己是完全处于被动地位的。而轰炸机的情况则更加糟糕，这次轰炸不仅没有能实现预期的效果，反而让盟军驻法国的空中力量损失了大半，德军在地面的进攻基本没有受到太大影响。

客观上，部队推进的速度也迟滞了一些，这为位于 B 集团军群对面的盟军部队争取了一些时间，尽力让他们摆脱德军包围圈，顺利撤离。但是，在 B 集团军群和来自侧翼的 A 集团军群装甲部队的重压之下，顾此失彼匆忙撤退的英法军队已经没有什么可以依赖的防线了。这就等于说他们已经将自己的背后，直接暴露在德军的炮口之下，为之后德军追打盟军溃兵局面埋下了伏笔。

另一方面，由于在没有完善的作战计划时，仓促出动如此大规模的空中力量，使得双方的空中力量出现调换的情况。早些时候，英法方面尽管在战机的质量和各自单独数量上都无法对德国形成威胁。但是，联合起来却远超德国现有能够动用的战机数量。而德国方面也因为对英法空中力量的实际情况不甚明了，一直有所顾忌。但经历了这次空战之后，德国不仅在客观上明确了一段时期内，英法在空中力量上的规模优势。同时，也借这个机会认识到了双方真实的作战能力和战机性能。

大损元气的盟军空军在此役之后，直到法国被占领为止，也没有能力再组织起如此规模的轰炸行动。这对于后期很长一段时间内，德国空中力量在西线横行无忌的局面，无疑有着直接的影响。

失去了制空权，法国的天空成为了德军为地面部队护航的战机任意奔行的大道。在这种情况下，使重新集结后的德国陆军得到成倍增长的奔袭能力。在法国境内如入无人之地一样快速开进，法军艰难建立起的临时防

希特勒四大爪牙·龙德施泰特

御阵地被迅速地一一击破。尤其是古德里安的第十九装甲军,更是一马当先。这种速度不仅让法国人和英国人感到骇然,也让德国高层觉得有些不妥,连古德里安的顶头上司龙德施泰特也认为此举略显贸进。这使得这些老古板们感到了不安,虽然连续的作战成功和仿佛无止境的轰炸已经将法国人抵抗的信心削减到距离崩溃不远的地步。但是保守的德军高层害怕他们孤军深入太甚,以至于失去与其他部队的联系,遭遇法国军队绕道身后发动突然袭击而截断退路。居然在这个扩大战果最好的时机,多次下令古德里安暂停前进。但在古德里安以辞职相威胁的力谏之下,统帅部终于取消了对部队开进的限制。

古德里安很狂妄,但这并不是没有理由的。在当时,法国部队在自己的土地上接连战败的消息,经由前线撤回的部队在民间疯狂传播,造成了极大的震撼。

法军在"一战"后因为伤亡惨重,从民间吸收了大量的人员补充部队空缺,部队的人员组成结构也产生了改变,士兵的年龄跨度变得很大。虽然其中有许多"一战"中经验丰富的老兵,但是他们的训练程度参差不齐,作战质量与意志上的优劣混杂,极大地阻碍了法军作战能力的发挥。加上国内对于战争的消极态度和厌战情绪,使法国空有一支庞大的陆军,但他们中的绝大多数都是缺乏机动力的固定炮兵。加上"一战"结束后给人们留下的印象,使这支军队中的绝大多数人,没有感受到军事发展的步伐在向机械和装甲靠拢的事实,这使得德法两军在整体作战思想上出现了巨大的差距。无形中加倍放大了德军装甲部队摧枯拉朽的心理震撼力。

在十九军继续突进的过程中,甚至几次追上了正在溃散中的法军步兵,但是对方连对德军发起进攻的欲望都没有了。这种时候无疑是扩大战果的最佳机会。如果暂缓攻势,不仅给予法国人重整队伍调整士气的时间,也会让他们有机会,在下一道防御攻势后面屯驻更多的火炮与机枪,造成德国士兵更大的伤亡。既然进攻法国已经是在赌博了,那么,就不妨一路赌到底吧。不管怎么说,德军神速进攻发挥的作用对于法国全国上下的打击都是空前的,也是绝对强力的。如果说前线法军只是军心涣散,而在后方,法国高层则已经是心如死灰了。

法国本身也是拥有装甲兵团的国家。谁也没能想到,将发动机、装甲、轮子、火炮结合起来以后能发挥出如此强大的力量。"一战"中,德皇父子亲自督战,动用了数百万人,花费了几年时间,却也没有能击败法国。但此时,在短短几天时间里,德国几个集团军的人马就已经攻陷了法国的半壁江山。拥有欧洲第一庞大规模的法国军队溃不成军,不仅部队被对手成建制地俘房,还有大批的武器被德军缴获。但是迄今为止,无论是掠夺的资源产地、俘房的数量,还是被侵占的战略要地,都没有拖住他们的脚步,德国人的目标这次无比明确,那就是一口气灭亡法国。

作为 A 集团军的总司令,龙德施泰特在这段时期的心绪很是复杂的。

在一场战争结束前,暂时获胜所带来的喜悦对战士来说是没有意义的,只有将严谨保持到最后的人才有资格露出笑容,这是他一直所秉持的信条。不过,打仗这种职业和为国家事业尽心尽力是一回事,但内心中出现什么感慨,那就是另外一回事了。

这一段时间的行军过程中,他从属下的报告和自己亲眼目睹的情景当中,已经充分地了解到这次的作战计划究竟有多么成功。这不仅是自己一直以来没有想到的,同时他相信这也是对面的敌人所从未想到过的。

面对已经狼狈不堪、丧魂落魄的法军,看着眼前发生的一切,他感到很不适应。要知道,他与法军曾经在"一战"的战场上打过交道,那时的法军还是顽强的对手,而如今却是另一番样子。这并不是一种单纯对于宿敌在

希特勒四大爪牙·龙德施泰特

立场上将心比心的惺惺相惜,其中也包含了在这短短十几年间,对于战争形态转变造成两个对手之间产生巨大差距所带来的震撼。然而更深层次的,却是一种隐约的忧虑。

自普法战争之后,尤其是"施里芬计划"诞生之后,德军的征战范围似乎已经锁定在了欧洲和西太平洋海域这一片欧洲国家的传统势力区域。这也相对地将其他国家介入到德国与其他主要欧洲国家之间,产生冲突的可能性降到了最低。但是,希特勒继承了威廉二世对亚洲殖民地的野心,使这种平衡被打破的几率大大提升。当侵占海外其他国家利益的情况实际发生后,会不会招来比德国军事实力更加强大的对手,这也是不好说的。"一战"胜利的光环让法国人败于它所带来的散漫和骄傲,这成为了德国人的福音。然而,在今后的某个时间,德国人会不会也因为相似的原因而遭遇到同样悲惨的命运呢?

从历史的角度来看,龙德施泰特的这种忧虑并不是空穴来风。自从墨兹河空袭失败之后,德军的空中力量就已经主宰了战区的天空,盟军飞机只有在夜间才能起飞,加上损失较大,已经难以对快速进击、插入法国内陆的德军形成有效的打击。只能勉强牵制德军追击不断溃退中的英法联军的速度。客观来讲,此时法国领土遭到实际占领的范围还不是特别大,主要都还是集中在城市区域及其附近的地点建立防控节点。如果在此期间,能果断组织起一支与德军突击力量水平相仿的部队,选择适当战线薄弱部位发起反击的话,未必不能切断德军的先头部队与后方的联系。但是一方面由于法军的坦克和空军部队配合较为松散,难以形成有效的突破;另一方面,德军绵密紧凑的攻势和分毫不间断的空中巡视轰炸,又在节奏上完全不给法军和英军以任何喘息和组织反击的机会。这些情况使得法国不断失去反败为胜的良机,无力拖延和消耗德国其实比较有限的时间与作战力量。

从战术结构上来看，法国本土空防力量的缺失，无疑是这场战争中它所表现出来的最大弱点之一。地面上固定火炮的威力尽管能轻易摧毁在陆地上行进的坦克装甲车辆，但是却因为缺乏防空火力和战斗机掩护而无法抵挡来自空中的敌机机群的先期扫荡。当地面防御阵线被德军的空中打击打乱之后，紧接着要面对的就是挟速度和火力冲锋而来、刀枪不入的钢铁怪兽——坦克。德军陆空力量简单却紧密的结合，使法军的数量优势根本无法发挥出来。加上战略要道上没有充分的险要地形可供守军利用，使法军陷入了"防御溃散、退后集结、组织防御再次被击溃"的恶性循环。在战斗打响的 5 天后，在打给英国新任首相丘吉尔的电话中，法国总理雷诺用沉重至极的语气表示，法国的颓势可能已经无力挽回了。

这是一个对英法来说都不能接受的事实，但却是不得不接受的。在龙德施泰特的精心部署和古德里安等人率领的部队披荆斩棘、东西贯纵之下，法国已经被拦腰截断成为了南北两大部分。数十万英法联军失去了与后方的法国卫戍部队会合的机会，被逼向了唯一的撤离方向，那就是连接英吉利海峡通向英国的敦刻尔克。但是，海上是没有路可以通向英国的。海边港口仅有的渔船和摆渡船如果全部都用在载运这些士兵上，恐怕也要花上几个月的时间才行。更何况，在这些部队的背后就是紧追不舍的纳粹坦克。这形成了一个极其讽刺的场景：尽管英国已经近在咫尺，然而往日被视为抵御外敌天险的英吉利海峡，却反而在这种时候变成了将要和敌军刀锋一起切断盟军生路的砧板。

希特勒四大爪牙·龙德施泰特

法西斯德国攻占法国

　　丘吉尔匆匆赶到巴黎,他与雷诺总理、甘莫林司令见面之后,才真正了解到摆在他们面前的情况,究竟已经坏到了什么样的境地。正所谓"哀莫大于心死",战士的心就是他们的勇气和斗志。然而眼下盟军的部队尽管规模尚存,却几乎完全丧失了和德军交战的信心。在强大的攻势面前,前方十几万的官兵已经成为了被不断推进的战线另一侧的俘虏。偌大的英法联军已经被分割成了几片疲兵,几乎已经不存在未与德军交过手的、整建制的生力军了。许多时候,甚至后方的指挥官还不知道出了什么事情,法军的阵线就已经崩溃了。

　　德军闪击所突出的"快速"理论中的一项重点,就是利用高速且不间断的进攻取得战果。使敌方指挥系统没有时间做出适当的判断和反应,难以组织起有效的阻击战。在增强战术效果之外,这也无异于是基于"反消耗战"理念上对数量的弥补。无法做出有效反击的敌军,是很难对机动性优良的装甲军队实现杀伤的。而过于迷信马奇诺威力和德国进攻路线的法国方面,也没有作为补充在境内多加部署几座足堪备用的节点性防御要塞,这让盟军败退的部队连可以依赖用于抵抗的现成据点也难以寻觅。但是,这些论调现在再做讨论已经不具备任何意义了。

　　现在,摆在丘吉尔和雷诺面前至关重要的事情,就是想方设法为被困在敦刻尔克的数十万战士寻找一条活命之路。

不过，凡事总有例外。在这场对于英法军队乏善可陈的战争中，还是有部分亮点存在的。5月11日到27日期间，仓促组建的法军第四装甲师在数量有限的步炮兵部队协同下，于里昂和阿布维尔一带奉命对德军进行阻击。与其他部队不同的是，这支部队非常科学地配置了装甲车辆和固定火炮的运用，击退德军多次，还俘虏了数个连的德军。这支部队的指挥官就是后来鼎鼎大名的法国总统——戴高乐，他同时也是法国实用装甲战术之父。戴高乐将军也正是因为这一系列出色的作战成果，而在短短的一个月的时间内接连得到提升，他指挥作战的部队也更多了。但令人遗憾的是，这种情况终究只是昙花一现，法国有限的装甲部队难以挽回战局，整场战争快速地倒向了人们所不期望看到的一面。6月初，戴高乐终于坐上了国防部副部长宝座，驻法国的盟军也终于迎来了它的终结之日。

尽管在5月末至6月初的这段时间里，英国动员全国海上力量共同组织的"发电机"计划，拯救了大批被困于敦刻尔克海边的盟军队伍。但是法军在此役中担负阻击掩护任务的部队，为了掩护友军转移而与德军奋战，导致伤亡殆尽，幸存者也因为没有得到同胞的援助，而大量被俘或遭到杀害。

从此，法国北部沿海一带彻底宣告落入敌手。此时，在法国境内驻扎作战的德军已经达到了百万人以上。马奇诺防线存储着大量的物资和弹药，为了避免被围其中的数十万法军依托防线作困兽之斗，龙德施泰特在希特勒的授意下调动四个集团军的兵力，让他们离开主力部队，向香巴尼地区被分割的法军残部发动进攻，将之驱赶到马奇诺防线附近。德军C集团军群就在马奇诺防线的另一面，他们还一直都没有大动作。保存着完整实力，与他们内外合作、全力夹击，可一举歼灭法军残军，以及马奇诺防线内的法军。利用防线两面的薄弱部，德军两部于 6 月 17 日攻陷了这座要塞。迫使守军逃离了防区，但是因为缺乏机动力量和火力，仅有少部分法军逃脱到了中立国瑞士境内，其余的法军都没有逃出被歼灭的悲惨命运。

至此，在军事上，法国战场的盟军一方已经没有任何可以指望的了。这也引起了法国政坛的进一步变动，失败主义的情绪扩张到了已经肆无忌惮的程度，主张抵抗的人士受到了排挤。在德军兵锋进逼和意大利趁火打劫的宣战逼迫下，法国政府一再转移，巴黎被宣布为"不设防城市"。

6 月 13 日，德军进驻已经不再作为政治中心使用的法国首都，巴黎就此沦陷。法国人和议员对于总理雷诺和内阁的不满情绪也达到了顶峰。几天后，雷诺政府宣布解散，由贝当元帅和魏刚将军担任新政府的主导者。由此，贝当政府正式成立。而就在新政府成立后没几天，不满贝当等人妥协求和态度的戴高乐，乘坐英国来访的斯皮尔斯将军的座机逃离了法国。更为讽刺的是，就在他做出这一行动的当天，也就是 6 月 17 日晚上，贝当就已经代表法国政府派出特使，通过西班牙正式向德军方面递交了投降申请文书。法国战役至此正式告一段落，国家彻底沦陷。境内残留守军除被俘、战死之外，全部根据政府命令原地投降。距离战争打响的时间仅仅过了一个月零几天而已。

第六章

海 狮 计 划

海峡上空的乌云

　　第二次世界大战开始不久,纳粹便将英伦三岛列为重点攻击对象。所谓的英伦三岛就是英国,这是国人对它的一种俗称。德国要向英国开战,这是希特勒为征服西欧做出的重要战略部署。此次,他亲自设定了战略计划,即"海狮计划"。目的是加紧攻略,拓宽西线战场的战略要冲,从而加速称霸世界的进程。

　　在人们已经意识到希特勒的野心时,反抗的意识思维便已觉醒。此时的希特勒依然是战争的主导者,但他还未清醒地意识到人们思想上的变动。在西线战场上,他不惜与空军实力逐渐强大的英国为敌,这样做的后果只能加速他的失败。可在此时,他怀揣着统治世界的梦想,根本无法理智地审视各国的实力。在他看来,自己拥有无坚不摧的军队,只要自己的战略部署合理,那么,胜利的一方一定是自己。所以,他对于此次的作战并没有表现出太多的担心。

　　如今,我们已经知道了'海狮计划",是以希特勒失败而告终的。也正是这一计划的失败,加速了希特勒统治世界梦想的破碎。如果希特勒的海狮计划成功,突破了英国防线的防守,那么,世界格局将会是怎样的呢?这一问题始终让人无法正视,而历史也不是在我们推敲之后形成的,我们只能按照既定的轨迹向人们揭开一段战争史实。

希特勒四大爪牙·龙德施泰特

1940 年 4 月,希特勒在结束一个长久的会议后,发出一道命令,他要向挪威发动进攻。这项命令发出后几天,德军正式向挪威展开全面攻击。同时,最高统帅部还发出一道命令,指示外交部可采取一切外交手段,劝诱挪威不战而降。当天深夜,运载重型武器的德国船只已经向挪威海起航。四天后,运载攻击部队的舰只也出发了。4 月 8 日,其余各中队都向登陆地点集结。在战役开始前几个小时,德军的航空军和空降部队在德国北部的机场集中。4 月 9 日,在黎明来临的前一个 1 小时,德国向挪威发出了最后通牒,表示德军不是进行侵略行径,而是要保护其不被英、法等国占领。希望他们能够充分地认识到这一点,不要做无畏地反抗,接受德国的保护。并且反复重申,任何无畏的反抗都是没有意义的,任何反抗都将被一一击破。为了避免不必要的伤亡,请挪威政府三思而行。

挪威人民并没有被希特勒的谎言所蒙蔽,此时的他们已经做好了顽抗到底的准备,绝对不会轻易地屈服在德军脚下。

挪威著名的纳尔维克港口,对于德国来说,这是一个非常重要的地方,它是德国铁矿砂铁路运输的终点。当德国大军向这里挺进的时候,该地的驻防司令却放弃了抵抗,在利益的驱使下,投靠了德国。但驻守在这里的士兵却没有因主帅而丧失斗志,依然拿起武器与德军顽抗。无奈,他们的武器过于落后,不久后,挪威舰船上的水兵几乎全部阵亡。

虽然有挪威人民顽强的抵抗,可就在一天的时间里,德军便轻而易举地攻下了挪威首都,但这并不意味着整个挪威陷落。

挪威失去了首都,希特勒派出德国伞兵意图俘虏挪威国王。但就在他做好初步俘获计划的时候,挪威国王却亲率他的军队开始对德军进行反击。在强大民族精神的支撑下,他的军队开始所向披靡,最终使德国军队重创,取得了暂时的胜利。

在德国军队入侵的同时,挪威政府已经向英法联军发出请求,希望得到他们的援助。但是,由于英法军队犹豫不决,调兵遣将行动迟缓,他们在纳尔维克附近一登陆就惨遭德国战机的轰炸,不得不向挪威内陆撤退。失去有力帮手的挪威终不敌强大的德军,在不到两个月的时间内,德军终于全面占领了挪威。挪威最终还是没有逃脱成为德国战略基地的命运。尽管德国军队遭受到了一定程度的损失,但这仍是一次重大的胜利。此次战斗的胜利保证了德军冬季铁矿砂的正常运输,打开了德国海军进入北大西洋入口的大门。同时也为德国海军与英国的海上作战提供了优良的港口,缩短了德国空军基地与敌国之间几百英里的距离,有利于德军下一步作战计划的实施。

1940 年 5 月,希特勒命令他的纳粹军团进攻西欧。面对来势汹汹的德军,英国、法国、比利时等西欧国家组成的联盟军,对这一股强大的德军早已做好了抵抗的准备。此次联盟军集结在一起的兵力还是很庞大的,虽然有很多士兵都不是正规军,但他们的战斗士气足以鼓舞全军。在战斗伊始,联盟军表现得很是顽强,尽管德军的武器很先进,但面对人数众多的联盟军,他们还是有所畏惧,战斗并没有按照预期时间向前挺进。面对此种情况,德军指挥官及时调整了战争策略。在之后的战斗中,由于联盟军在之前的战斗中取得了胜利,所以,未免有些轻敌。德军正是抓住了这一有利契机,对联盟军给予重创,最后他们不得不退到敦刻尔克,险些造成西欧盟军的灭亡。

撤到敦刻尔克的联盟军几乎失去了战斗意识,因为他们知道,此时除非有奇迹发生,否则敦刻尔克就是他们的葬身之地。虽然在敦刻尔克的士兵已经绝望了,但是他们的国家并没有放弃他们。在内阁会议结束之后,丘吉尔提出了敦刻尔克大撤退,并为此次撤退做着积极的准备工作。当困顿

希特勒四大爪牙·龙德施泰特

的人们得知自己将要离开的时候,他们沸腾了。他们无法预料自己还能在这里坚持多久,无论这次撤退对自己意味着什么,只要坚持,总会有好结果的。就这样,大规模的撤退行动开始了,尽管德军在空中不停地投下炸弹,但人们还是没有停下前行的步伐。最终,大部分联盟军幸运地离开了敦刻尔克,回到了自己的祖国。尽管英国在这次撤退中是最大的收益者,保留住了大部分的远征军,但他们却失去了精良的战斗装备。这意味着德国随时都有可能越过英吉利海峡。幸运的是,德国在接受法国的投降书之后,很长时间都没有对英国采取大的军事行动。因为,希特勒认为,敦刻尔克撤退后的英国军队损失严重,已经对德国造成不了任何威胁。如果能通过外交和平解决英国问题,不仅可以在国际上树立起德国强大的威信,而且还能缓解德国士兵因接连不断地战争产生的疲惫,有利于贮备战斗力量。

为此,希特勒向英方宣称,只要英国归还第一次世界大战瓜分的德国领土,不阻拦德国在欧洲的任何行动,德国就可以随时和英国讲和。即使希特勒把他的野心粉饰的很好,可是丘吉尔不会相信他的说辞,更不会屈服于他的强权。丘吉尔又一次号召他的人民共同抵抗德军的侵略。

眼看自己的阴谋失败了。7月16日,希特勒在召开一个漫长的内阁会议后,宣布了对英作战计划,即"海狮计划"。并命令海军立即着手准备,准备时间定为1个月左右。

针对这一计划,希特勒早有估计,他已预见了渡海作战对于德国海军的难度。但他相信,在强大陆军的支持下,以及德国空军的有效配合下,他们的海军会给英军致命的打击。确实,当时德国的军备准备相当完善。所以,希特勒有理由相信他的海军会给出一份满意的答卷。尽管德国海军的实力与英国皇家舰队的海军实力是难以相比的,不过如果能让海军成为陆军开向英吉利的跳板,陆军强劲的势力将会弥补海军的不足。

空袭不列颠

为了应对即将到来的战争,英国首相丘吉尔号召全体民众参与到保家卫国的战争中来。而英国民众也没有让他们敬爱的首相失望,尽管他们从未真正地接触过战争。没有实际作战经验,但为了保卫国家,他们勇敢地拿起步枪和刺刀与敌人拼杀。丘吉尔将四分之三的民众编入正规军,成为有组织纪律性的战士。

8月1日,德国最高统帅发出了关于"海狮计划"的指令:为"海狮计划"做的准备工作必须在9月15日之前完成,包括空军和陆军,空军将在8月5日前后对英国施行空中作战。之后,希特勒会根据空军打击的具体情况,做出下一步入侵指示。

一直处于战争优势的希特勒以及他的纳粹将领们,对未来抱有自信。在他们看来,希特勒的"海狮作战计划"将会顺利地进行,征服英国将是一件十分容易的事情。在此之前,他们已经侵占了法国,如今的英国正处于孤立无援的境地,独木难成林,在短期内打败英国可谓胜券在握。

作为A集团军指挥官的龙德施泰特,他也认为此次攻打英国的胜算很大。在他看来,英国在失去法国这个强有力的盟友后,根本无法凭借自身的力量与德军抗衡。这一点在他转向西线战场的时候,就已经充分地认清了。当时,法国的综合军事力量要远超过此时的英国,但最终还是没能承受住

希特勒四大爪牙·龙德施泰特

自己 A 集团军的猛烈进攻,不得不向希特勒递交投降书。而已经失去了法国这个有力盟友和挡箭牌的英国,又能有怎样的作为呢?

战争即将打响。在希特勒的督促下,两天后,戈林下令准备实施"鹰计划",战斗就此拉开序幕。德军的轰炸机先是向英国的主要港口投放炸弹。英军一直很擅长海上作战,他们的海上防御能力,也在丘吉尔的督促和努力下不断完善。早在丘吉尔还是一名海军的时候,他就很是关心海战。在他当选为英国首相之后,对海军给予了更多的关注。因此,戈林将轰炸的首要目标定为了海港,就是要破坏掉英军海上的防御系统。

因为是首次对英国施行轰炸行动,所选的目标又是重要地段,所以,戈林指示空中轰炸的强度要足够大。因此,德军向英国重要的港口投放了密集的炸弹。此起彼伏的爆炸声,将人们带入了战争的漩涡当中。面对德军疯狂的空投行为,英军根本没有还手的余地,只能任由巨大的爆炸声、轰鸣声交织在整个城市的上空。这样持续的轰炸到底什么时候能结束,没有人能给出确切的时间。

轰炸进行到 12 日的时候,德军又将目标锁定为英国的雷达站,开始对他们的通讯设施进行破坏。如之前一样,德军的轰炸是疯狂的,短短几个小时,就有 5 个雷达站受到严重损坏,其中 1 个被彻底摧毁。当时的德军并不清楚雷达对于英军的重要性,所以,没有全部炸毁。正是这一认识上的不足,造成了德军之后严重的损失。

接下来的两天,德军又对英国的战斗机及战斗机机场进行了猛烈攻击,但这次并没有如愿,反而受到了重创。在德军对英军雷达进行轰炸之后,这些雷达很快恢复了正常的使用功能,开始反击德军。在德军的轰炸机还未靠近英国的战斗机以及战斗机机场时,雷达已经探测到了德军飞机的动向,所以,英国空军提前做好了战略部署。一旦德军轰炸进入他们

的攻击范围,便会向其发出猛烈的攻击。在雷达的帮助下,英国空军击毁德国战斗机数十架,而英军只损失十几架战斗机,这大大提升了英军战斗的信心。

这一结果令希特勒有些懊恼,他没有想到英国的反抗斗争会进行得如此激烈。他开始责怪起戈林来,认为是他的轻敌才造成德军的损失。但此时并没有比戈林更适合指挥空军作战的人选,自己也只能忍受这种屈辱。

接下来,德国与英国展开了第一次大规模的空战。为了能够尽快取得胜利,德军将3个航空队中的大部分飞机用于此次空战,但却事与愿违。他们遇到了英国新研制出不久的飓风式和喷火式战机,而他们使用的却是德国的二流战斗机,失败是注定的事情。飓风式和喷火式战机在飞行速度上要远胜当时德国所使用的战斗机,而且机体的设计也较为理想。可以为机组人员提供最大限度的视野空间,使其能够第一时间发现敌人,命中目标。此后,英国设计的这两款飞机在未来的战场上也发挥出了巨大的威力,随着英军转战很多地方,成为了未来战争的主导。此次大规模作战,德军损失极为惨重,被击落了30架战斗机,而英国则无一损失。

经过几次严重的教训,德国人终于意识到雷达对于空战的意义。

英国在空战中能取得短暂的优势靠的就是雷达。只要德国的飞机一起飞,它们的航道马上会清晰地显示在雷达的屏幕上,英国空军通过雷达,可以精密地计划如何应对德国战斗机的攻击。双方空战伊始,德军没有对英国的雷达进行长久而持续地攻击,是德国空军指挥的一次严重失误。

面对当前的形势,戈林再也坐不住了,他开始对自己的作战指挥进行深入思考,对当前空军的严重损失进行分析。结果他发现,英军不仅有雷达站做辅助,而且还有扇形站。所谓扇形站就是英军的地面指挥中心。这个中心可以通过雷达站、侦察站以及空中驾驶员等各种方式获得作战情报。这

希特勒四大爪牙·龙德施泰特

无疑是一种全面的作战方法，在敌军还未实施进攻的时候，监测站已经将信息反馈给了指挥中心。指挥中心在做出战略部署之后，英军便可马上投入到战争中，打的敌人措手不及。

在了解这一情况后，8月24日，德军转变了作战策略，开始将扇形站作为首要摧毁目标。德国空军在接下来的10余天内，平均每天出动1000多架次飞机，轮番攻击那些扇形站。这是一场耗时战，德军在数量上的优势很快就发挥了效力。7个关键性的扇形站，有6个被炸毁，使英国整个通讯系统陷入瘫痪，英国面临着空前的危机。

如果这种攻击再持续几个星期，将会彻底消灭英国空军的防御力量。可是，令英国意想不到的事发生了。在英国战斗机防御力量受到严重损坏的情况下，德国空军却减少了对英国的大肆进攻。由全天空投转为大规模的夜间袭击，这就给了英国空军一个缓冲的机会。

欧洲上空的斗争

德军之所以有这种举动，是因为英国皇家空军夜袭了柏林。

在 8 月 15 日的一次战斗中，英国共出动了 22 个空军中队，对德军空军进行拦截。有的中队一天被派出几次执行拦截任务，这样高负荷的运转已经让他们吃不消了。但是这是无情的战争，没有讨价还价的余地，敌方还在进攻，当然要还击。他们仍毅然决然地驾驶着自己的战斗机与敌人进行殊死搏斗。

英军的战斗机在雷达的帮助下，对德军战机的来袭方向已有所了解，所以，他们有时会尾随在敌军的后面，趁其不备，发起攻击；有时会以云层做掩饰，向敌机发射子弹。就这样，他们一直坚持予以还击，时而俯冲，时而骤然腾起，爆炸声，射击声充斥了整个天空。

战斗一直持续着，当夜幕来临的时候，战斗才稍有缓和，而德军也陷入了极其疲惫的状态中。一支疲惫的德国空军部队在返航的途中，将英国首都伦敦的居民区，误认为是英国空军地面控制中心而投下了炸弹。这次错误的空袭，激起了英国人民的强烈反击情绪。英国皇家空军决定报复德国这种有违战争原则的做法。8 月 25 日，英国皇家空军进行了战略调整，开始向德国的柏林发起猛烈进攻，这让纳粹党人无法忍受，甚至大为恼火。战争伊始，戈林曾向柏林保证绝不可能受到伤害。而今，这座作为纳粹德国经济政治中心的城市却遭到了攻击。

9月7日傍晚,德国空军共出动了六百多架轰炸机,六百多架战斗机,对伦敦集中进行大规模的轮番轰炸。发电厂、煤气厂、兵工厂、仓库以及码头都成为了德国飞机的轰炸目标。霎时间,伦敦城成为了一片火海,轰炸持续了整整一夜。

此后的几天里,伦敦每夜都会遭到空袭。据英国官方历史学家统计,在伦敦被轰炸的最初两天,有八百多人死亡,两千三百多人受伤,整个城市遭到了严重破坏。但是,曾经称霸世界三百年的日不落帝国,并没有那么容易被摧毁。没过多久,德国就为这一毁灭性轰炸行为付出了沉重的代价。

9月15日,英国皇家空军给了嚣张的侵略者以迎头痛击。据英国宣布的数据显示,这天他们一共击落了一百八十六架德国空军的飞机,而英国皇家空军仅损失了二十六架。

尽管这一数据有些夸张,但不得不说,这一天英军所取得的空战成绩扭转了整个空战的战局。因此,9月15日被称为不列颠之战的"关键"。

战争并没有如德国人预想的那样乐观,他们曾坚定地认为伦敦将在猛烈的德军轰炸中夷为平地。但是,现实并非如此,战局也未像他们设想的那样发展,德国空军在进攻中遭受到严重的挫折,战机损失惨重。

德国指挥官们没有想到,德国空军的进攻会遭受如此惨重的挫败。龙德施泰特听到这个消息后,也十分地震惊。他清楚地记得自己的参谋长曼施坦因对西线作战的见解,当时,自己是十分认同的。以至后来,希特勒采纳并下达了新的作战计划。即"曼施坦因计划",后来在整个西线战场这个以"奇袭"为基础的作战计划得到了应用。他十分了解他的旧部,不可能提出一个致命的作战计划。而且在该计划实施之初,已经收到了很好的效果,但为什么这次却造成了如此大的损失呢? 这个问题让他思考了很久。

其实,造成如今惨淡局面的原因并不是因为作战计划的纰漏,而是因为希特勒又有了长远的战斗目标,他已经不再那么看重"海狮作战计划"了。

在听到这个消息的几天时间里,龙德施泰特一直待在他的办公室里,每天让助理按时给他送饭。他总是盯着地图看上一段时间,或自言自语,或在上面圈圈点点,他心里清楚渡海作战已经是不可能的事情了。

而他的观点和海军部的参谋们的讨论不谋而合。针对此役作战带来的严重后果,海军参谋在讨论之后有了如下结论:空战过程中,英国人民的顽强意志和所做的抗击远远超出了德国的想象;德国自认为已经准备得比较妥当的军事行动,但在实践的过程中还是遇到了很多的麻烦。并且按照原来"海狮计划"的相关要求,空战所进行的准备是完全不够的。历经了几番轰炸之后,英国本土依然是那么的坚固。

铺天盖地的德国飞机每天飞到伦敦上空,进行了连续五十七天的狂轰滥炸。

这五十七个黑夜里,平均每晚有二百架轰炸机前来轰炸。他们想要通过密集的轰炸对英国造成致命的破坏。本来他们的想法是可行的,但是戈林失算了,希特勒也失算了,他们轻看了英国人。伦敦人的意志没有被击垮,整个不列颠的士气也没有被瓦解。英国人不屈的性格支撑着他们的精神,他们要战斗到最后一刻。

英国在这次空战中是成功的,这一成功体现在很大程度地阻止了希特勒的德国战车吞并西欧的步伐。德国并没有通过空军的轰炸迫使英国与之苟且。反而,德国不得不从新编织它的"称霸大业"。不列颠空战给世界反法西斯战争的力量争取了一定的时间,为反法西斯战争的最终胜利作出了重大的贡献。

9月27日,德、意、日三国在柏林签署了《三国条约》,正式形成三国轴

希特勒四大爪牙·龙德施泰特

心。国际形势的变化，预示着战争冲突可能不会仅仅局限于原有的地区范围。残酷的斗争使丘吉尔深切地认识到，为了最终战胜德国法西斯，英国必须争取新的盟友，尽早结束孤军奋战的局面。经济实力雄厚加上多数民族都同文、同种的美国自然成为了英国的首选对象。为了达到这一目的，丘吉尔充分利用自己百分之五十的美国血统和与罗斯福总统良好的个人关系，积极开展相关工作。

11月3日晚，伦敦没有拉响防空警报，这几乎是历经两个月轰炸以来唯一一个宁静的夜晚。这种平静反倒让伦敦人很不适应。次日晚，德国的轰炸机又开始了疯狂的轰炸行为。他们的战斗机几乎遍及不列颠的每个角落，此时他们已不再大范围地对英国进行轰炸了，因为他们觉得实行大范围的轰炸并不能取得良好的效果，他们将空袭目标转向了英国重要的工业基地上。

英国重要的工业基地考文垂，在11月14日夜里遭受了毁灭性的轰炸。德军向该地发动了连续性的轰炸，投入了将近五百架德国飞机，共投下六百吨烈性炸药制造的炸弹和几千枚燃烧弹，他们这是要将考文垂夷为平地。在轰炸期间，共有四百人死亡，几千人受伤。轰炸结束后，这座城市几乎成为了一片废墟。在人们看到断壁残垣，数不清的伤亡的同伴时，不禁放声大哭起来。

此时，他们痛恨死了纳粹分子，是纳粹分子的野心改变了他们原本祥和的生活，让一个原本兴盛的城市不复存在。但是在哭过之后，坚强的人们又开始在这片废墟上重建自己的家园。幸存的飞机制造厂没有停工，部队的训练也没有停止。

一个星期后，考文垂在积极的重建之下又恢复了活力。

自从1940年4月9日挪威海面遭受败绩以来，德国海军已不能为陆军入侵大不列颠提供足够的支持。在之后的不列颠空战中,英国空军越战越勇,德国空军则实力受损,对伦敦等城市的轰炸也没取得什么有意义的进展。

纳粹德国陆军登陆作战的假想,在不列颠空战后已经荡然无存。这是第二次世界大战爆发以来,德国侵略的脚步第一次被遏制。

希特勒不仅没能征服英国,也丧失了把英国赶出地中海的机会。此时陆军已经陷入了孤立无援的境地,单方面进入英吉利海峡显然是妄谈。希特勒最初制定"海狮作战计划",是设想通过军事威逼迫使英国与之苟合,避免两线作战。但是,这个设想带给德国的是不可避免的两线作战的境地。

希特勒四大爪牙·龙德施泰特

打不起的战争

　　希特勒的侵袭计划不可能因为对英作战受挫而停止，他似乎在酝酿着更大的事件。德军在几年的侵略战争中已经耗费了太多的精力，即使希特勒经常发表一些煽动性的言辞，鼓吹德国战无不胜。但在龙德施泰特看来，这些都是希特勒个人对德国现实情况缺乏一定了解的妄想。

　　这个时候，他只能履行自己作为军人的职责。战争中，没有人愿意看到流血牺牲，即使他们不是自己的同胞，面对生命，谁都不能以轻蔑的态度来对待。

　　战争爆发之后，龙德施泰特的指挥能力与军事才干，得到了希特勒的赏识。侵法战争之后，希特勒提升龙德施泰特为元帅。尽管龙德施泰特受到希特勒的嘉奖，但他始终对希特勒以及忠实纳粹的人没有太多好感。在他看来，纳粹党人就是一群暴徒。这群暴徒违背了人们的意愿，肆意掠夺，残害生命，但最让他懊恼的是，他却与这群暴徒为伍。这也是战争形势急转直下后，龙德施泰特对他从军生涯的一次深刻的反思。但在不久后，他又不得不奉命执行希特勒对苏联的侵略计划。人生有时就是这么无奈，在我们没有能力改变的情况下，我们只能被迫接受。

　　早在希特勒攻占法国的时候，苏联趁机攻占了立陶宛、爱沙尼亚和拉脱维亚。苏联的动机十分明显，他们想趁着战乱分得一杯羹。可惜，希特勒是不会给这个国家机会的。就在苏联强行攻占这三个国家之后，希特勒马上意识到自己不能放任苏联继续破坏自己的侵略计划，必须有所行动才行。此时的"海狮计划"只能停板并无限期延后，当前最主要的是解决苏联方面的问题。希特勒十分清楚，德国对苏联的战争必然会爆发。

1941年，希特勒召开会议，研讨对苏作战计划。此时的龙德施泰特又被调往东线。苏联在攻占立陶宛、爱沙尼亚和拉脱维亚之后，又迫使罗马尼亚投降。在此之前，希特勒已经将罗马尼亚看成了自己重要的供油基地，苏联的行径无疑加重了希特勒的怒火。他任命龙德施泰特为南方集团军群总司令。此时，一些保持中立的国家开始倾向德国，这些国家态度的转变为希特勒填充了更多的兵力。这就意味着，龙德施泰特除指挥南方集团军外，还可调度其他国家的军队。

事情似乎朝着有利于德军的方向发展。虽然此时的苏军在人数上是可以和德军抗衡的，但是他们的军队并不属于专业化的正规军，很多人都是临时招募来的。

这对于训练有素的德军来说，他们的力量未免有些薄弱。战争伊始，德军势如破竹，根本没有给苏军任何喘息的机会。很多没有见识过真正战争的人在面对如此残酷的战争后，几乎是主动放下了手中的武器，因为他们被吓倒了。在他们的印象当中，战争有流血，有牺牲，有枪炮和子弹。可真正见识到的战争不仅包含这些，更为主要的是它侵蚀的是人的心灵。当一个鲜活的生命在你面前倒下的时候，你的脑海中立刻会有逃离的想法，这是再正常不过的事情了。

龙德施泰特清楚地知道，自己在东线战场上所要发挥的作用。只要自己还是一名德国军官，还穿着德国军人的军装，就要为这场非正义战争耗费心血，且尽职尽责。西线战场的搁置令他忧心忡忡，此时转变战场，表面上看对德军是有力的，实际上这将耗费掉德军更多的精力。如果征服世界

希特勒四大爪牙·龙德施泰特

的战争，节奏缓和下来，以持久的对抗形式向前发展，那么，德军必定要陷入后方空虚的境地。一旦这样的事情发生，双线战场将全线崩溃，德军也就再没有可退的地方了。

坐在汽车里的龙德施泰特一直维持着一个姿势，即使路上颠簸不断，他的神情依然十分镇定，连眉头都没有皱一下。这样的长官，开车的士兵还是头一次碰到，所以，不时地用余光打量着他。此时，龙德施泰特的脑海中一直盘旋着一个问题，德军会取得最终的胜利吗？虽然大战将近，此时思考这个问题，未免有动摇军心的嫌疑。但是，对于一个有着长远军事眼光的指挥官来说，他不得不为以后做好打算。

空气中弥漫着硝烟的味道，回过神的他对于充斥鼻腔的味道感到厌恶。此时的他皱起了眉头，抬头看了看天空，还是那样的浑浊，何时才能显现出它本来的面目呢？之后，又是长久的沉默。

经过了一路的颠簸，龙德施泰特终于到达了东线的指挥所。这是一个装修精致的房间，环顾四周之后，他终于展露出了轻松的表情。在短暂的休息过后，龙德施泰特开始听取助理对当前战事的汇报，原本舒展的眉头又再次皱了起来。此时的他已经意识到，西线战场实施的"海狮作战计划"将要在不久后"流产"。虽然是自己早已预料到的结果，如今这么赤裸裸的展现出来，自己还是有些难以接受的。

希特勒之前将空军作为进攻英国的主力，但结果却不尽如人意，遭到了沉重的打击。龙德施泰特被调到西线战场的主要目的是为了配合空军攻打英国。但在空军遭到重创后，他率领陆军进攻英国的可能也便不存在了。如今，龙德施泰特最担心的事情还是发生了，"海狮作战计划"一但搁浅，德军的战线将被拖得更长。那么，希特勒真的做好了长久战斗的准备了吗？显然答案是否定的。

第七章

巴巴罗萨计划

巴巴罗萨计划

在第二次世界大战中，纳粹德国曾制定了很多侵略计划，"巴巴罗萨"计划便是其中之一。它是德军发起对苏战争的行动代号，于 1940 年 8 月制定完成，1941 年 6 月 22 日正式实施。该计划标志着纳粹德国东部战线的开启，它使苏联人民在长达数年的时间里生活在水深火热之中，数千万人不幸罹难，这场战争也因此被人们称为第二次世界大战中最血腥的战争。

战火以燎原之势最先烧到了波兰。1939 年，希特勒发动了波兰战役，表面上看，他取得了胜利。实际上最大的受益者并不是纳粹德国，而是不费一兵一卒就坐享其成的苏联。因为波兰战役，苏联得到了将近半个波兰，以及波罗的海三国的控制权。德国一直垂涎的两个主要长远目标——乌克兰的小麦和罗马尼亚的石油却没能到手。这是德国在海上突破英国的封锁必备物资，而希特勒渴望在波兰获得波里斯拉夫的一个德罗戈贝奇油区也被苏联控制了。而后，当他提出苏联交出油区时，对方却答应将该石油区一年的生产量卖给德国。德国付出了如此大的代价，只换回了苏联不加入西方对抗德国的阵营，希特勒为此极为不满。

德国和苏联之间会兵戈相见早就在人们的预料之中。长期以来，希特勒希望德国的人口密度与土地面积的不平衡能够得到解决。而向东扩张，刚好可以解决这一问题，它能为德国创造更多所谓的"生存空间"。波兰和

希
特
勒
四
大
爪
牙
·
龙
德
施
泰
特

苏联的领土就如一块肥肉，如果让德国吞下去，许多难题都会迎刃而解。到那时，德国将拥有更大面积的土地，并在这个巨大的发展空间里获得更多的好处。就像希特勒在《我的奋斗》里所说：如果乌拉尔丰富的原料资源、西伯利亚美丽广袤的森林，以及乌克兰一眼望不到边的麦田都归德国所有。那么，在我的领导之下，在纳粹政府合理的规划中，德国必将更加强盛繁荣。

在经历了波兰战役之后，希特勒便不再信任苏联。他和他的爪牙都认为苏联另有所图，他担心在东线的 10 个师难以对抗苏联的军力。

接着，在 6 月 26 日，苏联未通知德国便私自要求罗马尼亚归还萨拉比亚以及割让北布科维纳，并要求罗马尼亚尽快答复。罗马尼亚一屈服，苏联海军和空军便蜂拥而至。

这件事情犹如给了希特勒当头一棒，他暴跳如雷。当时海外油源切断，纳粹已把罗马尼亚视为主要的油源。希特勒对于苏联这一举动带来的影响惴惴不安，他担心这样一来会因燃料的紧缺给德国空袭英国带来麻烦。

法国战败不久，纳粹德国的空军便陷入与英国皇家空军对战的不列颠空战之中。双方实力决定了这场空战将是一场持久的战争，一时半刻不会结束。这时，德国纳粹元首的大脑里又出现了一个想法，应该说，这个想法已经在他的大脑里存放了很多年。希特勒已经忍无可忍了，是时候了，他不想再等下去了，必须要实施他的构想了。1940 年 7 月，希特勒召集了一次军事会议，参加会议的是德国海陆空三军的高级将领。有赫尔曼·戈林、埃里希·雷德尔、阿尔弗雷德·约德尔等，龙德施泰特并没有出现在会议现场。在这次会议上，希特勒宣布了他蓄谋已久的"巴巴罗萨"计划。

"巴巴罗萨"意为红胡子。希特勒企图以血腥的战争征服周围的国家，妄图称霸欧洲。他决心继承德皇腓特烈的衣钵，他不仅要称霸欧洲，而且要称霸世界。

该计划宣称，德国武装力量要在对英战争尚未结束前，以迅雷不及掩耳的军事行动战胜苏联。将列宁格勒、莫斯科、中央工业区和顿涅茨河流域作为主要军事战略目标，尤其是莫斯科。在该计划中，以"总体战"和"闪电战"为主要战略形式。一旦有适宜的"气候"，德国元首希特勒就把苏德条约变成一纸空文。

战争的火舌已向苏联伸去。希特勒认为，在大西洋上，德国海军的潜艇战正在切断通往不列颠群岛的食品和燃料供应线，这个举动足以将英国活活困死。他的另一个想法就是，在欧洲，英国只有说服苏联进攻德国，才有可能存活下去，而这种可能并非没有。这是希特勒构想"巴巴罗萨"计划的重要因素之一。希特勒试图通过"巴巴罗萨"计划的施行，实现先发制人彻底消除来自苏联的威胁。希特勒判断美国参战势必发生。尽管美国自战争爆发以来一直保持着中立的态度，但其对于英国处境表示出同情的姿态已昭然若揭。倘若美国参战，无疑是给盟军注入了一股强大的力量。苏美的实力都不可小觑，倘若能够实现在美国参战之前，将苏联按于掌下，或许对德国征战的前途是大有裨益的事情。于是，他决定在 1941 年的年底之前攻占苏联，德军统帅部迅速制定了侵略苏联的"巴巴罗萨"计划。

希特勒四大爪牙·龙德施泰特

想要吞象的毒蛇

　　希特勒错误地认为,苏联国家内部发生的变化使苏联军事力量大幅度地减弱了,这让希特勒以为这个空隙是进攻苏联的最好机会。

　　此时此刻,被胜利冲昏头脑的希特勒认为自己的部队有打败苏联红军的十足把握。他曾狂妄地说,德国只要能够踢开苏联的大门,里面那不堪一击的结构就会立刻垮掉。同时,希特勒还通过宣传手段指出苏联政权的不堪,以及苏联红军对德国虎视眈眈的野心。

　　一切看似正当的借口都是希特勒为实施"巴巴罗萨"计划而做的精心铺垫。希特勒认为"巴巴罗萨"完全符合纳粹当前的战略需要,但他的这一构思却遭到了一些军事要员的反对。他们认为德国目前应趁热打铁,对英国展开进攻,解决了它再去开辟对苏战场才是上上策。军事会议上,希特勒听着这些人的慷慨陈词,他默不作声,心中对此也毫无波澜。事实是,在许多战略决策上,希特勒的想法都与德军的一些将领背道而驰。但他的许多先前被认为是不可能的决策均取得了辉煌的胜利,所以,即便有将领对"巴巴罗萨"持悲观态度,他仍固执己见。特别是应用闪击战不费吹灰之力攻占了莱茵河、捷克的苏台德地区、波兰、丹麦、法国等地区之后,更加助长了希特勒的骄傲和大胆。

　　侵略战争为人类带去的是无尽的灾难,甚至有时,它的作用是毁灭性

的。为了争取自由与和平,勇敢的人们拿起武器,为捍卫尊严而战,即使前方的路上等待着他们的是流血和牺牲。敦刻尔克大撤退之后,英法遭受重创,然而,英国海军和空军的实力尚存,纳粹在权衡利弊后,闭上了贪婪的巨口。

但这只战争的恶兽并没有停下脚步,而是将下一个目标锁定在东方。希特勒相信,快速攻下苏联还可以加速英国的覆灭。另外,他认为,凭借以往的经验和强大的德国军事实力,只需数月便能把苏联全线攻破。因此,在"巴巴罗萨"计划之中,并没有准备冬季配备这一项内容。而这一点,也恰恰成为后来德军面临的最大困难。

从制定"巴巴罗萨"计划开始,分歧便一直存在。龙德施泰特所在的陆军总部与希特勒的作战目标产生异议。希特勒的战略企图是以闪电式的突击,消灭苏联西部各个军区的军队。并迅速向腹地发展进攻,攻占莫斯科、列宁格勒、顿巴斯,到阿尔汉格斯克、伏尔加河、阿斯拉罕一线,打算在 1941 年冬季之前结束战争。

但在攻打各地区的顺序问题上,却看法不同。陆军总部把莫斯科当做真正的目标,因为莫斯科是苏联权力的焦点,而且还是交通的枢纽。只有在通往莫斯科的道路上,才能遇到苏军的主力。只有击败了苏联红军的主力,才能征服和占有莫斯科,使得苏军的防线被分割。龙德施泰特极力反对这样的计划,他觉得希特勒不应该过分迷信闪击战,而忽略了其他因素,包括在行军过程中所遇到的地势环境或者天气的变化等。如果单一地制定闪击方案,很可能会在这一过程中遇到难以解决的麻烦。

毫无疑问,各种反对的声音并没有对希特勒起作用。龙德施泰特为此感到非常失望。为此,他的情绪在一段时间内一直处于低落状态。

为了顺利实施"巴巴罗萨"计划,希特勒将三百多万人调至苏联边界,

希特勒四大爪牙・龙德施泰特

同时到达边界线的,还有大量的军事物资。截止到 1941 年 2 月,已有近 70 万人集结于罗马尼亚和苏联的边界线上。对于如此大的动作,苏联却出人意料地不作任何防备。或许是苏联人过分相信了苏德在此之前签订的不到两年的《莫洛托夫—里宾特洛甫条约》,认为纳粹德国定会在占领英国之后,再开辟新的战场。

在此期间,苏联的情报机关已将纳粹德国发动对苏联战争的情报递交给最高指挥部,甚至有一位名为理查·佐尔格的间谍,提供了德国进攻苏联的准确日期,但这份情报并未引起重视。

苏联最高层认为这很有可能是英国有意设下的陷阱。同时,纳粹德国也放出了大量的烟雾弹,以迷惑苏联。德国人向苏联人保证,德军决无侵犯苏联的意向,目前所做的一切,一是为了避免遭到英国空军的轰炸;二是以此蒙骗英国,使其错误地认为德军要攻打苏联。这一切,都使苏联没有对德军的行为采取任何防范措施。

为了使苏联方面放松警惕,希特勒又安排了一出好戏。4 月,纳粹德军放出了一个最大的烟雾弹,即佯攻英国行动。为了提高可信度,在这次行动中,希特勒特意动用了战舰和战机,并故意向苏联透露出攻打英国的细节。与此同时,德军正在紧锣密鼓地准备着对苏战争。他们总结拿破仑在对苏战争中的经验,结合苏联当前现状,推测战争爆发以后苏军所能采取的一切行动。最后,纳粹认为,无论是出于政治考虑,还是受其他客观因素影响,战争开始后,苏联都不会让东线红军大规模地撤向内地。

一场大阴谋正在进行中,越是临近战争爆发,希特勒的血液似乎越接近沸腾。

这一次,在主要攻击目标上,希特勒与龙德施泰特等许多高级将领又发生了重大分歧。龙德施泰特认为战斗打响以后,德军应将主要攻击目标锁定为莫斯科,而希特勒则将目光盯住了乌克兰以及波罗的海地区,特别是波罗的海地区,勾起了他贪婪的欲望,那里有他垂涎已久的丰富资源。希特勒认为占领了这两个地区之后,再将枪口对准莫斯科也不迟。攻击计划上的巨大分歧使纳粹德国发动对苏战争的时间足足推迟了一个月。

任何一次失败,都可能是导致崩盘的致命原因。苏德战争爆发初期,苏联遭受到重创的局面,是希特勒实施"巴巴罗萨"计划过程中最想看到的。

据史料记载,1930 年,苏联的工业生产量和军工发展就已经位列世界前茅,甚至已形成了成熟的现代化作战理论。1941 年,当希特勒为实施"巴巴罗萨"计划将数十万人调派至苏联边界时,苏联的军队总人数高达 500 万。这一数量远远高于德军地面部队总人数。在武器的数量上,苏联也占据着一定的优势,尤其是坦克。当时苏军拥有坦克达两万辆以上,有超过一万两千辆坦克分布于西部战区。它们中的大部分均可直接用于苏德前线,当然,这些坦克中还包括了当时世界上最先进的型号。另外,在火炮数量上,苏军同样占据着优势。

从表面上看,当时苏联的军事实力较其边境的德军更胜一筹。但是,从军事素养上看,德军却更为突出,德军拥有极为精良的、训练有素的士兵。而苏联在历经内部大清洗后,红军中的大批优秀军官被杀害或流放,其中 5 名元帅只剩下 2 名。绝大多数的团级、师级指挥官惨遭不幸,取代他们的则是缺乏战斗经验的年轻军官。据资料显示,1941 年,苏联红军中有近百分之七十五是任期不到一年的军官,他们的平均年龄竟比德军将领小 10岁以上。

战争是残酷的,毫无准备的一方注定要承受更大的苦难。在苏德战争爆发之前,苏联各单位均处于和平状态,战机被整齐地摆放在跑道旁,这也正是它们后来会被德国空军轻易摧毁的主要原因。直到战争爆发前,德国

希特勒四大爪牙·龙德施泰特

侦察机都被苏联允许在其领空任意飞行。另外,苏联空军力量也比较薄弱,其特点是战机数量多、质量差,很多老旧机型仍在服役中。当然,更重要的是飞行员缺乏实战经验,且空战技术严重落后。

除此之外,红军通讯能力较低,大大阻碍了各部之间的协调配合能力。同时,运输工具也不足,无法将有效战力快速集合在一起。前面已经提到,苏军拥有数量庞大的火炮,但这些火炮大都未配弹药;坦克装备好且数量惊人,但后勤支援却异常缺乏,且维修能力差。这种状态造成的直接后果就是在缺乏燃油、人员补给不足的情况下,坦克匆匆投入战斗,且可能一次性就被报销。

兵书有云:知己知彼,百战不殆。充分了解敌人可以增加胜算。然而,苏联领导层一直过高估计了苏军的作战能力,而轻视德军的实力。再加上对苏德互不侵犯条约的迷信,所以,导致在很多关键性问题上出现了错误判断,比如边界出现大量德军后苏军仍未进入警戒状态。

在战争中,为达到作战目的而运用的军事方针和策略被称为"战略"。苏联在 1940 年以前,各防线均筑有坚固的防御工事。一旦战斗打响,强大的坦克部队还能为步兵快速提供支援。那时,有超过百分之四十的红军基地与边界距离不足 200 公里,且大量的燃料、装备等战略物资囤积其中。

然而,这一切在 1940 年以后被彻底改变。苏军战略战术的调整源于法国的失败。当时,强大的法国地面部队在不到两个月的时间便被德军击败,斯大林在资料掌握不够全面的情况下,认为法国被德军迅速攻陷的主要原因就在于法国过度依赖战线防守。为了避免重走法国失败的老路,苏联方面毅然决定把先前的防守战术改为大规模步兵机动部队战术,将苏军分成 31 个机械化军团,所有的坦克都集中在军团中。苏联方面认为,一旦敌人发起进攻,苏军的机械化军团就会立刻给予对方沉重一击。而后,军团再与步兵部队协同作战，消灭全部敌人。但事实证明，这场战争的变化并非如此。

　　战争双方，谁能做到出其不意，谁就可能抢先拥有战机。直到"巴巴罗萨"计划进入到最后的准备阶段，希特勒才在6月6日向日本大使大岛透漏了入侵苏联的信息。德军的将领中，也只有高级军官才知道这一作战计划的具体内容。1941年6月22日，德军突然对苏联进行袭击，蓄谋已久的"巴巴罗萨"计划正式执行。随后意大利、芬兰、罗马尼亚和匈牙利也加入了侵略的行列。

希特勒四大爪牙·龙德施泰特

入侵苏联

　　进攻苏联是迟早的事，但"巴巴罗萨"计划的制订确实一直都让龙德施泰特感到吃惊。一方面，他为元首的固执己见感到担忧。另一方面，他也对德军对苏联战争的胜算没有把握。

　　这种担心并非多余，龙德施泰特把自己的主张归纳在一起，向元首汇报。可是元首对他的实际情况和诉求根本不感兴趣，元首认为任何强调客观理由的做法都是错误的，他已经听不得不同的意见了。

　　龙德施泰特根据实际情况，想要修改事先做好的这个计划。可是当他的眼睛与元首的眼睛四目相对的时候，龙德施泰特知道说什么都是没有用了。因为元首的信念与偏执战胜了龙德施泰特，他只好把他的一些想法写进自己的日记中。战后人们发现了这本日记，令人吃惊的是龙德施泰特在日记中所遇见的一切在日后都变成了现实。如果完全按照龙德施泰特的想法去作战，历史可能就会改变它的进程。然而，残酷的现实是希特勒根本没有采用龙德施泰特的建议和主张。

　　在龙德施泰特看来，希特勒会先打下英国，然后再对苏联进攻。他也曾将自己的忧虑告之元首，但每一次的结果几乎都是一样的。夜里，龙德施泰特常伫立于窗前，静静思索，既然对苏战争必然要打响。那么，接下来，自己就要尽全力，打好每一仗。

蔚蓝的天空上几朵洁白的云随风慢慢飘远,广阔的大地上,绿油油的小草散发着淡淡的清香,清澈的河水在流淌,枝叶间鸟儿动听的鸣叫,尽显大自然的勃勃生机。然而,这一切,就要结束了,取而代之的将是弥漫于天际的战火。

"巴巴罗萨"计划给德国军队提供了很好的战略指导。1941年2月3日,希特勒在大本营召集会议,对"巴巴罗萨"计划的一些细节作了修正,接下来,纳粹将把全部力量都集中到完成对东方的战争准备上。

希特勒把入侵部队分为三个集团军群。即北方集团军群、中央集团军群和南方集团军群,龙德施泰特作为南方集团军群的总指挥。在接下来的战场上,将发挥重要作用。

战争的魔爪已伸向苏联,本该山花烂漫的季节,现在却笼罩着一层嗜血的阴霾。

"巴巴罗萨"计划实施以来,苏联接连遭受德军攻击,苏联最高统帅部于1941年7月下达撤军命令。而德军为了继续向东挺进,决定攻占乌克兰基辅附近的纵深桥头堡。至此基辅战役进入第一阶段,即德军进攻,割裂防御阶段,时间为7月5日至7月18日。

此时的希特勒雄心勃勃, 他为对苏联实施闪击战的效果颇为满意,并打算将下一个攻击目标锁定为基辅。很快,纳粹的黑暗军团便以破竹之势侵向乌克兰首府。摧毁苏联坦克近千辆,火炮数百门,抓获战俘万余人。然而,出乎预料的是,就在德军马上就要攻下目标时,希特勒突然下令,停止攻占基辅,部队立即合围苏军。

龙德施泰特虽然对元首的这一命令深表忧虑,但作为军人,服从命令就是天职。战争中有多少人为着胜利前进的脚步牺牲了自己的生命,但是指挥员的错误指挥会改变战场上敌我双方的命运。战争的火舌犹如被风吹

希特勒四大爪牙·龙德施泰特

向了另一边,危在旦夕的基辅逃过了一劫。德军转而为后方缓慢挺进的步兵部队做侧翼掩护,纳粹军团失去了一次占领基辅的良机。

炮火纷飞,遮住了初升的太阳,曾经富饶的大地上再也听不见欢乐的歌声,看不到祥和的风景。

德军的突然撤退,让饱受战火摧残的苏军抓住机会,基辅日夜不停地修建各项防御,就连布衣百姓也参与到修筑工事之中。人们群情激昂,为迎战纳粹更为猛烈的进攻时刻准备着。与此同时,工厂开始东迁,以保存苏军的实力。

苏联面临着严峻的考验,多地相继沦陷。乌曼会战结束以后,只有基辅扼住了纳粹前进的铁蹄。此时,苏联的基尔波诺斯上将已经把曾经摇摇欲坠的基辅建成了一个坚实的堡垒。基辅战役进入第二阶段,即苏军退守阶段,时间为 7 月 19 日至 8 月 24 日。

谁会想到希特勒会下达停止进攻的命令呢?他的内心里面究竟是出于哪种考虑,给了基辅一个喘息的机会。然而历史就是历史,它不以人们的意志为转移。也许自以为是的希特勒有全面的考虑,和自身能够阐述得通的理论。现实是,暂时停止了枪炮声,让基辅逃过一劫,也为希特勒最终的失败埋下了伏笔。

在复杂的战事面前,谁先嗅到战机,谁就会出其不意。苏联的"西南方面军"此时正位于德军深远后方。这种距离感似乎滋生出了某种惰性,遮蔽了战争嗅觉的灵敏性,苏方尚未意识到来自于乌克兰北面的威胁,而希特勒则瞪圆了眼睛,如猎鹰盘飞于天空。

8 月 21 日,他命令龙德施泰特的集团军群与其他兵团协作,再次对基辅展开进攻。希特勒随即召开紧急会议,并指出,此刻正是消灭苏军的最佳时机。基辅,向基辅进军,那里有他们最强大的集团军群。

元首环视着在座的各位将领，最后他将目光落在龙德施泰特的身上，坚定地注视着他。作为南方集团军群总司令，龙德施泰特在对苏联战场上肩负着重任。

尽管龙德施泰特在与元首诸多的政治分歧上他不得不保持沉默，但在军事领域，却常常直言不讳，说出自己的见解和主张。此时，希特勒看着这位总司令，用目光传递着他的决心。就这样，德军停下东进的步伐，转而南下。

瞬息万变的战事发展，使很多德国将领摸不着头绪。对于希特勒放弃进攻莫斯科转向乌克兰的决定，一些人表示质疑。他们认为，该作战计划必定会对德军造成不利影响，特别是它极可能导致战争被拖延至冬季。面对来自于各方的重压，希特勒力排众异，并下令，德军必须全力以赴、毫不迟疑地攻击这一战略目标——基辅。至此，基辅战役进入第三个阶段，即合围阶段，时间为 8 月 25 日至 9 月 26 日。

夜里，听着耳边不时响起的炮声，龙德施泰特陷入深深的思考。在他的指挥下，南方集团军群已占领了整个第聂伯河沿岸，但这仍不能让他感到一丝轻松。苏联的最高统帅部还未被摧毁，这才是他的心腹大患。想到此，龙德施泰特皱起眉头，缓步移至窗前，望向烟雾缭绕的远方。苏联方面军定会在基辅与德军展开一场生死决战，无论是对于苏军还是德军，基辅都是必争之地。尤其对德军而言，基辅是通往东方的大门，若指挥得当，那么，德军的对苏作战必将获得实质性进展。龙德施泰特闭上眼睛，仔细分析元首的作战计划，并思索着下一步的行动。龙德施泰特深知，他领导的南方集团军群马上就要迎来一场大规模的歼灭战。

九月的苏联已被战火炙烤得民不聊生，大地之花不再盛放，炮火粉碎了人们心中美好的梦想，取而代之的是饥饿、流血、死亡。纳粹以世上最为

希特勒四大爪牙·龙德施泰特

残酷的方式,摧残着这片曾经自由的土地。作为纳粹军团的一员,龙德施泰特严格执行着希特勒的命令,迫不及待地以最快的速度要占领基辅。

　　事物在发展的过程中常常会出现一些关键点,若能在关键点上作出正确的判断与选择,那么结局必然会向好的方向发展。否则,便有可能自食恶果。苏联方面就是在这关键点上,犯了致命的错误,最终导致基辅战役向有利于德军的方向进行下去。希特勒放弃对莫斯科的进攻而改向攻击乌克兰后,苏联高层命令西南方面军停止撤退,返回原处,死守乌克兰基辅的几个重要防线,且不惜一切代价。

第八章

基 辅 战 役

流血的冻土

接到命令后,总参谋长朱可夫异常惊讶。他在第一时间向莫斯科回复,建议西南方面军向聂伯河对岸挺进,以集中力量保卫莫斯科,避免德军实施合围。然而,他的建议遭到了上级的拒绝。事实证明,坚守基辅使苏军付出了惨重的代价。不久,增援西南方面军的 28 个兵团就被德军彻底消灭。

苏军的动向引起了龙德施泰特的密切关注。仔细分析后,他得出了如下结论:苏联西南方面军已做好迎接德军猛烈攻击的准备,这一点,从它对德军两个集团军的顽强抵抗中便知一二。此外,苏军已做好长期坚守基辅的打算,德军目前应把较强的苏军牵制于杰斯纳河下游。

德军最高统帅部,一直有人对元首放弃对莫斯科的进攻深表担忧,其中就包括陆军总司令伯劳希契,他曾私下里向龙德施泰特表达内心的不安。龙德施泰特虽对此表示理解,但仍与希特勒保持着一致的看法。对伯劳希契司令的担忧,他常给予耐心的安抚和解释。并指出,若想在莫斯科攻坚战中取得胜利,目前最棘手的就是解决基辅问题。当然,说服一个人若仅靠理论说辞就能办到,那么,这个世界上可能就不会存在艰难的抉择。为了使伯劳希契司令认同当前的战略计划,龙德施泰特将一份详细的形势分析报告及计划实施建议递给了他。

报告中写到:德军止步杰斯纳河对战事必然造成不利影响,应跨过它,

希特勒四大爪牙·龙德施泰特

继续向前挺进。同时，还要在南方集团军群中调派部队展开攻击。当前最有利于战事的打击目标暂定为普里卢基至罗姆内一线。另外，报告中还特别强调了乌克兰的重要性。明确表示，若不能将其境内的苏军全部歼灭，必定严重阻碍南方集团军群和中央集团军群的作战进程。截止到目前对乌克兰的战事，德军已获得较明显优势，不宜转攻莫斯科。

种种迹象表明，一场大战在即。龙德施泰特带领他的集团军群，满怀信心地准备会战。对于陆军总司令部的态度，他一直比较担心，但这并没有影响他采取行动的速度。9月4日，在占领克列缅楚格桥头堡之后，龙德施泰特命第17集团军立即越过米尔戈罗德—卢布内一线，发起全面进攻。另外，第1装甲集团军从另一条线路，即克拉斯诺格勒—波尔塔瓦一线向前推进。如此一来，陆军总司令部就不得不处于既成事实之中，龙德施泰特在争取陆军积极配合的行动中取得了胜利。两天后，陆军总司令部正式声明积极配合会战。

太阳没有像往日一样从东方升起，暗淡的光仿佛是要将这片土地上所有的希望拭去。9月6日清晨，下起瓢泼大雨，冰凉的雨水并没有冷却德军发狂的侵略欲。杰斯纳河南岸桥头堡成为今天的主攻目标，被指定为先头部队的是元首团第1营。出发前，龙德施泰特亲自走进军营进行做战前动员，他激励1营的士兵要如破云而出的暴雨一样，以不可阻挡之势打击苏军。他带领士兵高喊着必胜的口号，每个人的血液似乎都在沸腾。就这样，狂风暴雨裹挟着纳粹的罪恶袭向了姆耶纳斯。他们楔入苏军纵队，展开激烈交战。很快，苏军被迫撤退，德军因此又获得一条有利的通道。接着，苏军增援了两个重型坦克排以掩护后撤的部队，这部分力量的投入暂时挡住了敌人的进攻势头。龙德施泰特得到前线报告之后立即申请空军战机的支援，但不知出于何故，轰炸机迟迟未出现。此时此刻，元首团指挥部命令部

队于下午两点继续进攻。短暂的停火给苏军提供了后撤时间,但他们万万没有想到,就在马科斯欣城,他们将迎来更为猛烈的攻击。下午两点,德军突入马科斯欣城,与苏联红军再次展开激战,并将其渐渐逼出城外。半个小时以后,意外发生了,德军轰炸机突然出现在上空,发出震耳欲聋的轰响,战机比之前要求的时间足足晚到一个多小时。轰炸机犹如嗜血的怪物,俯冲而下,喷射出致命的炮火并倾泄炸弹。这让地面的苏军和德军一时间乱作一团,德军不停地挥动信号旗。然而,轰炸机却视若无睹,发出了更为猛烈的进攻。很快,信号弹代替了完全失去作用的信号旗,但一切皆为徒劳。不计其数的炸弹落在纳粹的摩托兵与苏军的坦克排中间,元首团的士兵们呼嚎着,咒骂着,甚至有人大喊龙德施泰特和希特勒的名字。他们四处逃散,有的向来时的方向跑去,有的则往尸体下钻,没有人再顾得上战斗。开战前沸腾的热血如决堤的洪流,撕碎了德军必胜的信念。此时的苏军同样摸不着头脑,他们被突如其来的狂轰滥炸冲散。异常猛烈的空中打击,最终使苏联红军的坦克排失去了作战能力。至此,双方损失惨重。

尽管空袭中德军付出了不小的代价,但空中打击的目的还是达到了。纳粹元首团在龙德施泰特和高级军官的指挥下迅速重整队伍,趁苏军大伤元气之机直扑铁路桥,拆除苏军在此埋设的炸药包,而后迅速占领杰斯纳河南岸。在这里,有他们最重要的打击目标桥头堡。对于苏军来说,失去它就意味着给纳粹的下一步军事行动打开了方便之门。所以,为了保住这座桥,驻守苏军将现有的所有重炮和迫击炮全部用上,强大的火力暂时遏制了德军前进的步伐。时间一分一秒过去,黑夜来临,随着纳粹大批支援部队抵达,新一轮战斗打响,最终,因为难敌德军的火力优势,苏军无奈地放弃了这一战略要冲。

就在同一天,德军的第 4 装甲师和第 35 装甲团也不负希特勒的重望,

希特勒四大爪牙·龙德施泰特

不仅消灭了大量的苏联红军,而且占领了巴图林。若不是苏军炸毁谢伊姆河大桥,恐怕谢伊姆河南岸早已不在苏联红军的控制之中。德军第3装甲师试图以其他方式向前挺进,但终因苏联红军猛烈的火力而败北。此后不久,德军各战斗群先后到达谢伊姆河,均止步不前。

就在战争进入焦灼状态时,之前被编入龙德施泰特麾下的古德里安率领的装甲部队和步兵师再次闪亮登场。作为纳粹"闪击战"的创始人,古德里安被称为"装甲战"和"坦克战"的倡导者。历史对这一人物有众多褒贬不一的评价。有人说他是希特勒射向世界人民的一支毒箭,他帮助纳粹仅用一个月的时间便攻占了波兰。同样是一个月左右,在他的亲自参与下,法国沦陷。古德里安曾在巴黎街头狂妄地说:"我没有时间抓法国大兵,你们放下武器给我让开。"在敦刻尔克大战中,就连希特勒都吃惊于闪击战的速度。若不是他在犹豫不决间下令全面休整,三十余万英法联军也许不会生还。

仅从军事角度分析,古德里安的才华的确对军事历史发展起到了重要作用,其作战思想和指挥特点值得后人钻研。虽然在希特勒欲统治世界的暴行中,他扮演了帮凶的角色。但对于纳粹屠杀与灭绝政策,他始终坚决予以反对,再加上出色的军事造诣,所以,许多历史学家对其进行了客观评价。此时,面对谢伊姆河久攻不下的局面,龙德施泰特祭出了这位智勇超卓的干将,命令他解决这一僵局。古德里安也不负所托,通过观察,他很快找到了一个打击苏军的致命突破口,并立即下令第24摩托军突入。不过,古德里安很快意识到摩托军也许会因此陷入困境。他的大脑迅速运转着,分析所有可能,若苏联红军从东面进攻,那么就算摩托军位于17和第3装甲师之间,也难逃被分割的下场。这样一来,对保障翼侧安全则有百害而无一利。所以,他改变了战略方向,命该团迅速占领格卢霍夫。如此,既能保护侧翼,又能使第 10 摩托化步兵师抽身,在东侧给予苏军重重一击。为了保证目标的实现,他命第 1 高炮军进入指定区域,支援第 24 摩托军的东翼。第 1 高炮军军长命令部下不惜一切代价掩护刚刚被德军攻占的杰斯纳河渡口,其余部队随第 24 摩托军向前进。9 月 7 日,在古德古安的指挥下,德军终于到达谢伊姆河南岸。

前方战事充满了太多的未知,每一分钟发生的事情都可能影响全局。此时,龙德施泰特安静地坐在指挥中心。闭着眼睛,一言不发,紧握的双拳暴露了他内心的焦虑,他在等待,等待一个希望得到的战报。随着一声响亮的"报告"声,龙德施泰特瞬间睁开眼睛,当他得知伊姆河南岸已被攻下时,紧握的双拳才慢慢打开。

时间已经进入晚夏时节,对于遭受战火摧残的大地,阳光似乎明媚得不合时宜。9 月 14 日,远在德国本土的人们正愉快地做着礼拜,而对于苏联人民来说,更大的灾难则从今天开始。等待作为主力部队的苏联西南方面军的,将会是更加惨烈的战斗。

这一天,龙德施泰特下令发动对卢布内和洛赫维察的进攻,德军第 16 装甲师随即扑向了卢布内。德军首先采用集中火力的方法对该区域进行猛烈炮击,而后派一个步兵团和一个营的兵力发起强攻。很快,苏军战败,撤出卢布内。与此同时,德军第 3 装甲师对洛赫维察也发起了攻势,在正面打击的同时,德军又派出一个连的精锐兵力偷袭城北桥头堡。苏军在毫无防备的情况下被动迎战,损失惨重,守卫大桥的一个高炮连,虽全力作战,但由于弹药消耗殆尽又断绝补给,很快就便被德军全体俘虏。这只是整场战役的一个缩影,德军训练有素的精锐部队最大限度地发挥了火力和速度结合的优势,将苏军的防御一次次撕碎,不断向这个国家的首都迈进。

希特勒四大爪牙·龙德施泰特

基辅之战

在基辅战役中，德军很快占领了洛赫维察，再一次尝到了闪击战的甜头。他们用摩托车和坦克沿着公路快速推进，很快占领了苏联境内的一些重要军事设施。

在攻打基辅的战役中，龙德施泰特率领的南方集团军群进军神速，充分地表现了他高超的指挥才能。

9月14日下午，古德里安下令组建一支侦察小分队，命其继续向南突击。该侦察小分队队长由瓦特曼中尉担任，他所能利用的工具并不多，只有两辆坦克和数辆输送车。

为了完成封闭合围圈的任务，小分队成员决定实施坦克奔袭。古德里安故伎重演，想把苏联也当成闪电战下的战利品，他命令部队，层层设防，快速推进。

在烈日的炙烤下，他们穿过沼泽和警戒线，逼近苏军阵地。与德国总部的联系仅靠无线电台完成。而后不久麻烦便来了，几辆车先后出现故障，无法前行。接着，这几辆坦克遭到苏军攻击，驾驶员被俘。不过其余的队伍成员没有因此而受到阻碍，而是继续向前挺进。

龙德施泰特布置下属不惜一切代价全线进军。与此同时，注意与其他德军保持密切的联系。由于协防一致，使得部队不断地扩大战果。

三个小时后,突遇苏军,激战后,继续前进。又路遇苏军卡车,激战后,艰难前行。至 500 米处,再遇苏军,该部队由火炮、辎重车等组成,战斗再次打响。让人难以置信的是,小分队居然又逃过一劫。他们通过深壑隘路,穿过洼地森林,距离目的地还有一半距离的时候,无线电失去了信号,直到再次登上高地,才隐约捕捉到声音。一路下来,他们向总部发送了大量的信息,其中包括苏军沿途布防情况等。苏联红军借助有利地形节节阻击,给龙德施泰特的部署带来了不小的麻烦。

夜幕降临,卢布内城廓出现在他们眼前,炮火声清晰可辨,瓦特曼中尉意识到侦察小分队与苏军后防线已十分接近。18 时许,工兵标明渡河通道后,全体成员涉水过河。

此次行动以成功告终,小分队与此处的德军龙德施泰特南方集团军群的主力会合。截止到目前,洛赫维察合围圈在这一地点完成封闭。

龙德施泰特的部队与小分队不断地向包围圈内进攻,使得突围的苏联红军受到了重创。战斗中,遍地都是残垣断壁,基辅城到处都是废墟,火光与硝烟弥漫。

夜空下,德军第 3 装甲师犹如一支黑色幽灵军团,抵达洛赫维察城下。在这里,他们遇到了由西向东进行突围的红军。自从对基辅展开合围,纳粹的炮火就一直震慑着这片土地,但今晚,其气焰被苏军彻底打压了下去。突围的苏联红军如神兵天降般突然从四面八方包围了洛赫维察城,德军措手不及。为缓解压力,派出了一个战斗群向卢卡发起猛烈进攻,试图炸毁其附近桥梁。然而,苏军强大的防御火力铸起了一道铜墙铁壁,德军战斗部队集群的几次进攻均被粉碎。炮火的硝烟在沉睡的大地上一次又一次响起。

震耳欲聋的炮火一直持续到 15 日清晨,连续的战斗中,已经使一些部队疲惫不堪。两军相交,比的不仅是实力,还有信心勇气,以及指挥官的胆

希特勒四大爪牙·龙德施泰特

识,这一切都关乎这场战斗的胜利。

此时,第 3 装甲师的兵力仍集中于洛赫维察城内及周围地区。经过一夜激战,苏军突围部队的战斗力已明显减弱,武器装备和弹药补给方面的劣势很快就显现出来。德方担任城防司令官的是第 39 通信营营长。除保障后勤补给充足外,他还有另一项重要工作,那就是接待战地记者。这些战地记者有的是被纳粹堂而皇之的谎言给洗了脑,有的则完全是纳粹的造势工具,替希特勒卖命的爪牙。他们此行的目的就是通过文字与图像记录德军的骄人战绩。此时此刻,记者们集中在洛赫维察城,正如饥似渴地等待着军方的消息。

突围还在继续,在一次较小规模的战斗中,苏军一位后勤副部长被俘。这让许多德国人产生了苏军已经到了强弩之末的想法,一些过于疲劳的部队在指挥员的默许下暂时解除了最高警戒状态。战斗在激烈地进行,有时紧张的战斗分秒就会决定胜负。然而中午时分的一场小意外却让大家虚惊一场。当时,侦察兵突然报告东面出现了一支规模不小的坦克部队,正向洛赫维察城疾速逼近。气氛立刻紧张起来,德军迅速拉响警报。坦克越来越近,一同变得清晰起来的还有坦克上涂着的德军标记。德军步兵团的士兵们雀跃而起,他们大声欢呼着。原来这是德国的坦克群。在这紧要的时刻,德军等来的正是德军第 9 装甲师先遣部队。至此,合围圈在这一地点终于完成了封闭,这场战役的胜利几乎是可以确认的了。

在此期间, 德军第 16 装甲师和第 9 装甲师先后抵达卢布内后继续北上。15 日 7 时许,第 9 装甲师成功控制了苏拉河上的桥梁,并将部队集结于一个狭窄的楔形区域,该区域正好位于另外两支德军队伍中间。而后,就发生了刚刚的那一幕,即第 9 装甲师的先头部队与第 3 装甲师取得联系。

战况对苏联越发不利。德军第 3 装甲师正以洛赫维察城为中心,从三个方向同时扩大推进范围,并控制了亚什尼基附近的桥梁。其中龙德施泰特指挥南方集团军群第 394 步兵团,已与向普里卢基方向进攻的古德里安率领的第 4 装甲师渐近。在切尔努希,第 3 装甲师的第 1 侦察营、第 3 摩托车营与第 6 装甲师第 3 营会合。由于尚未与第 16、第 9 装甲师建立牢固联系,所以,莫德尔中将向各个方向派出了侦察小分队,并成功与各部会合。针对基辅的合围圈在这一地带顺利地完成了最后的连结。

惨烈的战斗考验着军人们的意志和信念,然而指挥官的决策会改变整个战斗的进程。由于大战初期,没有很好的判断德军的真实意图,苏联红军失去了一些战斗时机。至此,第二次世界大战中最具代表性的歼灭战——基辅会战的大幕彻底拉开。

龙德施泰特指挥的南方集团军群以及由古德里安率领的装甲部队和步兵师已经将这座城市团团包围。德军方面参与这次会战的是 3 大步兵集团军的主干力量,两个装甲集群以及 4 支航空部队,坦克近 600 辆,执行战斗任务的飞机总量约 500 架。苏军方面则是 7 个整编的集团军。双方大动干戈,均使用了大量的兵力,并且这些部队都是各自的精锐部队。

轰鸣的战机在云层穿梭,天空不再属于飞鸟;士兵集结的脚步振颤着草木,大地失去安宁。9 月 16 日,龙德施泰特命令德军以两个集团军为主力展开了对苏联的围歼战,战斗在德军猛烈的炮火声中开始。被困于袋形阵地的苏军,包括第 21 集团军在内的 5 个集团军。苏军阵地工事坚固,并配有大量重型武器。龙德施泰特坐镇指挥中心,此时此刻,他目不转睛地盯着墙上的地图,不时地用笔作标注。每隔数分钟便有专人向其汇报一次前方战事,无论对德国还是苏联,这都是一场至关重要的战役。不到最后胜利,神经都无法真正放松。在这个过程当中,他要思考部队的调防和下一步的作战计划,他微皱着眉头,沉思于炮火声中。

希特勒四大爪牙·龙德施泰特

面对敌人的来势汹汹,苏军奋力抵抗,阵地上,战士们在枪林弹雨中发起一次次冲锋。为提高作战士气,扩音器里传来了《喀秋莎》的歌曲。很快,这歌声响彻在整个战壕当中,受到鼓舞的士兵呐喊着冲向敌人。在缺乏燃料和弹药的情况下,他们凭着坚定的信念和无畏的精神,勇敢地向前冲锋。然而,血肉之躯终究不敌钢铁神威,顽强与英勇并未给战士带来更多的希望,他们成千上万地倒在血泊中,苏军主力仍困于战区。西南方面军作为主力部队,已被德军分割包围,无法形成有效的作战力量,战斗在激烈地进行当中,作战双方都死伤无数。

9月17日,苏联红军全线撤离基辅。此时,在龙德施泰特的督促下,德军第29军已攻陷苏军第一道阵地防线。次日,苏军在加特诺耶失守,德军第99轻装师快速挺进基辅保障地带。与此同时,另一步兵师则沿第聂伯河西岸向前推进,苏军试图渡过第聂伯河,但遭到德军炮兵的猛烈攻击。

鲜血将战旗染红,苏军在要塞外围工事中屡遭重创。为了将己方的损失降到最小,19日,苏军炸毁了第聂伯河附近的所有桥梁。同一天,苏军将部队从城西前沿地带紧急撤离。

伊尔片河水日夜奔流,河中血色早已被冲散。但在沿岸的青石上,战争造成的破败痕迹却清晰可见。

德军第71步兵师踏过此河,占领东岸10余公里宽的区域,就在前夜,这里还属于苏军。下午4时,德军第296步兵师也在距此不远处获得一次胜利。至此,德军在第聂伯河西岸取得了较大的战果。但在杰米多沃战场上,纳粹却尝到了苦头。

两个小时的激战,德军损失惨重。顽强的苏联守军为掩护大部队撤退战斗到了最后一刻,最终在敌军凶狂的攻击下全军覆灭。苏联红军在后撤的过程中,遭到德军296步兵师的追击。数小时内,德军第519等三个步兵团以及其他师属部队先后加入战斗，并最终攻进乌克兰首府。

敌人正从四面八方向基辅袭来，位于第聂伯河西部一德军步兵师和另一轻装师已将魔爪伸向基辅南郊。他们以通往基辅的公路为切入点，顺利地攻入目的地。这样一来，德军就从北面和南面逼近基辅城。

龙德施泰特看见自己身后的增援部队迅速赶上，后续部队源源不断，心里充满着胜利的自信。

从西面直冲而来的是德军第 71 步兵师。19 日上午，该师在左、右两翼突击成功后，跨过伊尔片河，快速向基辅方向推进，并于午后攻入城中。下午，德第 29 军也匆匆赶到。整个基辅变成了一座死城，城内，到处飘扬着纳粹的旗帜，德军开始着手清除废墟。与此同时，他们并没有停下侵略的脚步，而是继续向东突击。苏军继续撤退，但仍没有完全丧失斗志，就在德军突击的过程中，红军给予了纳粹沉重一击，德军 71 步兵师在突击战中损失巨大，近 50 名军官、上千名士兵阵亡，另有数千人负伤。

20 日，德军第 95 步兵师与 56 步兵师于布罗瓦雷会师。至此，德国的战线已越过基辅，到达其以东地区。短短数天时间内，苏军伤亡惨重，被困部队无法再组织起有效的突围。

希特勒四大爪牙·龙德施泰特

血流成河的战斗

晚饭时间，龙德施泰特到前线慰问了士兵，并为他们带去了元首的问候，回到指挥中心后。他并没有直接用餐，而是重新坐到办公桌前，桌上放有几份报告，其中有两份国防军统帅部的报告吸引了他的注意力。

国防军统帅部 9 月 19 日报告：冯·龙德施泰特元帅和冯·博克元帅的集团军群目前已占据了战事发展的绝对优势，在他们的指挥和有效配合下，全军已展开了一场空前的大规模包围战。从梅利会战到杰斯纳河突击，再到与自南向北挺进的德军集群会合。我军一路克服重重阻碍，其中包括苏军的顽强抵抗和复杂的地理环境，最终取得了辉煌的战绩。德军各部于基辅以东会师，同时，苏联红军的 4 个集团军正处于被围歼中。

国防军统帅部 9 月 20 日报告：感谢战地记者们不畏牺牲的精神，正如专题报道中所写，德步兵师在强大的空军火力支援下，已将坚固的基辅筑垒彻底征服。突击战进行得异常激烈，苏军撤退，德军占领了乌克兰首府。

时钟清脆的声响打断了龙德施泰特的思绪，时间已是晚上七点整，该进餐了，就在基辅城的月光之下。

战争还在继续，德军将大合围圈分成了几个小合围圈，苏联红军被分割并分别陷入卢布内西北、洛赫维察附近等地。对苏军而言，基辅的沦陷无疑是沉重的打击。大到一个师，小到一个班，被围困的每一个红军无不全力以赴地向东突围。虽然没有冲锋的号角,但每一个人的心中似乎都有一个即成的指令。德军的战斗机又一次升空,投下了不计其数的炸弹,成千上万的红军在炮火硝烟中牺牲。19日至20日,苏军巴格拉米扬少将带领3000余人向德军发起突击,截止到24日,该部仅剩百余人,其余全部阵亡。另外,由基尔波诺斯上将带领的部队也遭受到德军致命的打击,他们集结于密林中,截止到22日,其身边仅剩下数名士兵。在之后的一次小规模战斗中,基尔波诺斯不幸被弹片击中阵亡。西南方面的枪炮声渐渐停止。

在整个突围过程中,只有少部分苏军获得成功。突围出去的苏联红军在莫斯卡连科少将的指挥下,以数千名骑兵为核心重新组成了战斗群,继续与德国入侵者战斗下去。苏联红军在英勇的战斗中,勇往直前奋勇冲锋,经过了一次又一次的殊死战斗,他们终于冲出了德军的包围圈,并及时与援军取得了联系。

人类必将牢记这一段血腥的历史。而战争也犹如一把双刃剑,不仅使数十万的苏联优秀儿女献出了他们宝贵的生命,也使德国大批士兵死于异国他乡。同时,也有一些无辜的人们成为战争的殉葬品。

在基辅合围战未打响之前,苏联为保护乌克兰工业区,最高统帅部下令在指定区域修筑第二道防线。为此,苏联在全国进行了总动员,不仅征召了当地的民众,还调派了大量的德意志人构筑阵地。纳粹德国的侵略行为,使苏联的德意志人受到当地人的排挤和歧视,他们的活动处处受到限制,承受着战火和生存的双重压力。据史料记载,共有约5万德意志人参与到修筑工事之中,并受到严密监视。不久,劳工大队遭到了德军的猛烈攻击,很多人在此丧生。另一些则逃向皮尔亚京,而后又逃往切雷夫基,在这里,他们受到苏军的怀疑,并被追击。在逃亡的过程中,有些无辜的人死于战火。

希特勒四大爪牙·龙德施泰特

另外，未能突出合围的还有许多鞑靼人、哥萨克人、阿塞拜疆人，他们大都被困在杰斯纳河—第聂伯河—苏拉河之间。德军对他们进行了大肆屠杀，战后，一位幸存者曾这样描述：当时的乌克兰就像人间的地狱，这里，每天必须做的事情就是逃跑和躲藏，每天看到的死人甚至比活人还多。各种车辆零乱地散在野地，车上车下都是死人，他们被火烧得像块黑炭。田野里四处散落着残缺的尸体，人的心灵承受着前所未有的煎熬……

德军攻占基辅以后。苏联方面并未停止增援，斯大林一直希望能够协助被困苏军冲出包围，但这一愿望始终没能实现。

9月的风裹挟着火药味飘进房间，月亮被弥漫的烟雾遮挡住，夜幕看上去混沌一片。龙德施泰特将目光从天空转向办公桌，在一张大大的地图上面，放着一叠厚厚的战事报告。他慢慢踱步于桌前，拿起其中一份，上面详细记录着德军16日至20日的战况。龙德施泰特仔细翻阅着，严肃的面容渐渐舒展，从基辅战役开始至今，他从未睡过一个好觉。此刻，他突然觉得自己累了，于是放下报告，径直走向卧室，德军目前控制着基辅战事发展，这让他暂时感到轻松。

战斗终究是要结束的，驻守在基辅东北方的苏第37集团军，坚守至21日；驻守在佐洛托诺沙镇的苏第26集团军，坚守至24日；驻守在基辅东南方的苏第37、26集团军，坚守至23日；驻守在彼利亚金东南部、东部的苏第21集团军和第5集团军坚守至23日；驻守在亚戈京地区的苏第37集团军，坚守至26日。截止到26日，合围圈的苏西南方面军战败。

纳粹德国对基辅的罪行从酝酿到实施，虽然历经数月，但直到9月19日，世界舆论才第一次将目光投向这里，世界为之哗然，各国人民纷纷对纳粹的暴行给予谴责。然而此时，会战已接近结束，德军占领了基辅。

"二战"结束以后，一位德国军官曾这样描述这场会战：

德军攻占基辅以后,在强大的炮火攻势下,苏联红军虽拼死抵抗,还是因为寡不敌众,再加上轻重武器配备不当,很快失去了战斗力。他们出现的最严重的错误是战术失误,被分割并分别陷入3个包围圈的红军,突围屡屡失败。

对于苏联西南方面军的覆灭,这位军官最后总结道:

抛开领导者的决策失误外,被困苏军指挥混乱则是其快速覆灭的主要原因之一。

基辅战役是"二战"最大规模的围歼战,它还被人们称作是一场惨无人道的屠杀。从德军进入基辅第一天开始,杀戮就未曾停止。纳粹的铁蹄自从踏上苏联国土的那一刻起,就开始了暴行。无数的平民无家可归,流离失所。整个基辅,城里城外到处都是难民。战争让许多贫民缺衣少食,这里的人们笼罩在艰难困苦的阴影中。

24日,纳粹占领区事务局遭到攻击,由此引起的火灾持续数天,德军以此为由,展开了对基辅市内犹太人的大清洗。

28日,纳粹党徒在市区内张贴大量布告,要求当地犹太人于次日集合,实施迁移计划。

第二天,数万名不明真相的基辅犹太民众聚集在指定地点,没有人告诉他们迁移计划到底是个怎样的计划,更没人告诉他们这是纳粹制造的一个致命的谎言。

接着,人们又被告之从梅尔尼科夫大街行至市郊集合,纳粹党徒手持枪械,监视着每个人的举动。一位枯瘦的老人艰难地移动着脚步,长时间的战乱已使风烛残年的他不堪疾行。一位青年人快步至老者身边,主动搀扶着他的手臂,二人相视一笑。整支队伍似一条默默流淌的河流,目的地是市郊的巴比亚尔峡谷。

希特勒四大爪牙·龙德施泰特

枪声与炮声暂时远离了耳畔，市郊的空气里可以闻到青草香，在临近峡谷时，纳粹党徒命所有人脱下衣服，叠放整齐。并将随身携带的所有贵重物品分类摆放，这一举动引起了一些人的不满。有人提出抗议，队伍开始变得骚乱起来。纳粹党徒呵斥着，但人们的对抗情绪却越来越强烈。一路上压抑着的情绪似乎在这一刻爆发了，为控制局面，纳粹党徒鸣枪警告，人群很快安静了下来。接着，他们被划分出几个小队伍，分批走进峡谷，直到这时，人们才知道事情的真相：原来，根本没有迁移计划，这就是一场屠杀。德军用机枪扫射了所有人，无论男女老幼。就在短短的两天时间内，就有超过 3 万犹太人惨遭杀戮。

战争是血腥的，在战斗中许多人流离失所。断瓦残垣的基辅城失去了往日的生机，到处充斥着侵略者的贪婪。纳粹党徒以各种残忍和可耻的手段掠夺着基辅人的财富，德军如愿以偿，用武力征服了这片土地。截止 9 月 26 日会战结束，苏联包括第 5 集团军、第 37 集团军等 4 个集团军的大部，以及 38、40 集团军之一部战败。苏联红军遭受重创，在法西斯德国的闪电战中，尽管苏联红军浴血奋战，可是由于对战争准备不足，让他们损失惨重，另有 65 万人被俘，另有数名将帅在战役中牺牲。苏联红军为保卫自己的家园付出了血的代价，如西南方面军司令员基尔波诺斯也为自己的祖国壮烈牺牲。

荒城的清寂埋葬了基辅人的声声哀叹，也埋葬了苏军数万人的性命。在这次战役中，纳粹击毁缴获坦克近 900 辆，火炮约 3700 门，各种车辆数千。虽然战果较为理想，但统计结果显示，德军在这次围歼战中也损失 10 余万人。希特勒称基辅战役是战争史上最大的围歼战，此次战役的胜利使他侵略苏联的信心倍增。希特勒已经忘乎所以，他对地面部队的快速推进极为满意。在军事会议上，他发表了慷慨激昂的演说，并表彰了立下战功的将帅。龙德施泰特作为德军参战的主力部队南方集团军群司令，更是得到了希特勒的称赞。龙德施泰特对自己的部队在基辅战役的表现也志得意满，基辅战役也让龙德施泰特的名字在纳粹军中再次叫响，他已经成为军中的名人。为了基辅战役，龙德施泰特绞尽脑汁的审阅着每一个作战计划。希特勒曾担心龙德施泰特的部队推进速度过快，首尾不能相顾，造成后勤补给不畅，承担冒进的风险。可是龙德施泰特却认为，趁苏联尚未摸清对手实力的情况时，迅速推进，扩大战果，才能巩固已经取得的胜利。所以对大本营电令龙德施泰特停止前进的做法不予理睬，而是我行我素迅速推进。直到战争结束，希特勒对龙德施泰特在战斗的特殊情况下，根据实际情况因地制宜采取的方针策略大加赞赏。实际上指挥官在战场上就是应该根据瞬息万变的战况有独立精准的判断，这才是合格的指挥官。

　　同一片大地，此时，踏在了侵略者脚下；同样的山河，此刻，尽收于纳粹眼中。数十天来，龙德施泰特除指挥前线作战，做得最多的事就是站在窗前思考。自从纳粹迈出侵略的脚步，他就没有一天不在思索德国的未来。如今，他早已习惯在弥漫着炮火的夜里沉思，身为一名军官，他一直对政治缺乏兴趣，但一生的事业却不可避免地服务于政治。1939 年 9 月 1 日，德国发动了入侵波兰的战争，龙德施泰特对此极为反对，多次提醒元首避免引发第二次世界大战。与希特勒在政治上的分歧，曾使他不幸被免职、退役。而后，由于战事需要，他又被重新启用，再次踏上战场，是建功立业的军人荣誉感对他的召唤，更是军人家族血统使然。为了这一切，他摒弃了自己作为一个军人最初的理想与信念，成为希特勒的帮凶，成为世界人民的罪人。而今，他更是对苏联人民犯下了滔天罪行。此时，他闭上了眼睛，不禁回顾起基辅战役的始末。

　　1941 年 9 月 16 日，这一天，德军正式开始对苏军展开合围，当时有超过60 万的苏联红军被困于包围圈，苏军的命运就此被定格。包围圈范围大得令他们难以想象,苏军虽然英勇作战,但实现突围的成功几率却十分低下。红军面对的现实是没有充足的弹药武器、没有摩托化兵力,更缺乏力挽狂澜的将帅,冲出包围的可能性更显希望渺茫。而德军在各部的相互配合下,逐渐将包围圈缩小,大量的红军为此战死。十天后,最后一支苏联红军在基辅以东战败,最终,基辅战役以德军胜利而告终。回顾至此,龙德施泰特慢慢睁开眼睛,如练的月光从暗云的缝隙中透出,接下来等待着他的,又会是怎样的战场硝烟!

第九章

战争的转折

厄运来临

　　战争的硝烟依然在欧洲的战场上弥漫着，人们热切地盼望着能重新呼吸新鲜的空气，回到他们那宁静快乐的日子里。尽管在基辅战役中，纳粹德国取得了战争的胜利，但它却错失了攻打莫斯科的良机，尽管表面上一路胜利的德国风光无比，但是战争的天平实际上已经开始向盟军方向倾斜，正义的力量在压抑中积蓄，已经以锐不可当的势头，爆发出来。这种爆发让所有的盟军部队看到了希望，战士们被这希望鼓舞着，充满了战斗力。

　　自从1941年下半年开始，斯大林就向丘吉尔建议在欧洲开辟第二战场，这样便可以对纳粹德国进行战略夹攻。只是那个时候，美国还没有参加到这场大战中，丘吉尔考虑到英国的情况，以英国当时的实力根本没有能力组织大规模的登陆作战。所以，当时斯大林的建议没有产生大的效果，但丘吉尔派出的少量部队对欧洲大陆上的纳粹德军进行偷袭，也让他们非常烦恼。

　　随着战争的发展，在欧洲开辟第二战场显得越来越重要。于是盟国的几个领导人聚在一起开会研究，并在开辟欧洲第二战场的事情上达成了共识。但是英美在伦敦会议上提出在北非登陆的计划，这样一来，开辟欧洲第二战场就被往后推迟了。直到1943年，英美在华盛顿会议上才正式决定要在1944年开辟欧洲第二战场。之后，他们便开始制定登陆计划，选取登陆

希特勒四大爪牙·龙德施泰特

地点以及具体的行动方案。

目前的情况对纳粹德国很不利，各个地方的反法西斯运动蓬勃发展，被纳粹德国占领的国家和人民也掀起了反抗的热潮。而在苏德战场上，基辅一役虽取得了胜利，但寒季已经到来，机械化部队和大量的步兵由于缺乏相应的防寒设施而吃尽了苦头，这些因素恰恰给予了苏军发动了大规模反攻的契机，希特勒不得不将更多的兵力派往苏德战场。这样，纳粹德国在西线的兵力就非常有限了。

盟国经过多方面的考察和周密的计划后，把登陆地点确定在了法国的诺曼底。

他们要从法国的西北部登陆，然后夺占登陆场和港口，再占领法国西北部，和其他部队配合向德军进攻，最后同苏军共同战胜法西斯德国。

而对于盟国将要在诺曼底登陆的计划，纳粹德国却毫不知情。他们依然沉醉于表面的胜利中，以为梦想就要实现了。

1941年9月末，德军南方集团军群在陆军元帅龙德施泰特的指挥下，取得了基辅战役的全面胜利。但之后的秋雨成为了他们最大的敌人，11月21日，克莱施特在龙德施泰特的命令下将坦克部队开进顿河口的罗斯托夫，但在这个过程中，龙德施泰特和克莱施特都预感到战势不妙。他们认为驻守罗斯托夫不存在可能性。果然，5天后苏军大举反攻收复罗斯托夫，龙德施泰特率部拒绝了希特勒要求原地坚守的命令，退守距离罗斯托夫50英里的一条河流岸边。为此两人大吵了一架，龙德施泰特被撤销了元帅和军群指挥官的身份。1942年3月15日希特勒重召龙德施泰特接替因身体原因离职的埃尔温·冯·威茨勒本元帅成为西线总司令。其主要工作是构筑沿海要塞工事。无奈之下，龙德施泰特也只能让自己变得更轻松一些，时不时将一些事情交给手下处理。

巴黎是一座古老的城市，有美轮美奂的卢浮宫，高耸挺立的埃菲尔铁塔，气势恢宏的凯旋门，无与伦比的巴黎圣母院等很多名胜坐落在巴黎市区，吸引着无数的人。同时，这里又孕育出了一代代伟大的文人，大作家巴尔扎克，钢琴诗人肖邦，印象派代表人物和创始人莫奈等都在世界上产生了巨大的影响。

呼吸着巴黎的空气，感受着与柏林不一样的气息，龙德施泰特在回想着昨天晚上的梦境。

那是一个非常可怕的梦，在弥漫着硝烟的战场上有一个面色苍白的小孩向他伸手求救。龙德施泰特很想拉住那个孩子的手，但是无论他怎么使劲儿，就是够不到。他们之间的距离始终是那么远，最后那个孩子带着凄惨的声音渐渐地消失了……

那个孩子发出的求救声，深深地留在了龙德施泰特的心中。今天他无心工作了，满脑子都是那个孩子的瘦小的脸庞。

尽管现在法国被纳粹德国占领了，但是它仍旧是那样让人向往、迷恋。龙德施泰特想着那个梦境来到了一个咖啡馆，正在犹豫着要不要进去喝杯咖啡。这时正好咖啡馆内的服务员看见了他，便出来打招呼。于是龙德施泰特走进了这家咖啡馆。

这家咖啡馆很高档，精美的橱窗展示着各式咖啡，顶棚装饰着豪华吊灯，四面墙壁不是白色，而是被漆成了粉红色。墙壁上装饰着不少美术作品，甚至连一些名家画作也在其中。

在一个不是很显眼的地方坐下后，龙德施泰特叫了自己最喜欢的咖啡，待服务员走后，他便拿起报纸读起来。报纸上的大部分内容是关于目前法国政局形势的，自从贝当的维希政府上台以来，法国有很多民众发出了反对的呼声。一些思想比较先进的人有很多还去了国外，并在异国组成了

希特勒四大爪牙·龙德施泰特

一股强大的反维希政府的力量。

"先生,您的咖啡。"服务员打断了正在读报纸的龙德施泰特。

"好,谢谢。"龙德施泰特面带笑容地说,并没有因为被他打断而生气。

咖啡的浓浓香味让龙德施泰特的心里舒服了很多,他暂时忘记了梦中向他求救的孩子;暂时忘记了他现在依然是肩负重任的纳粹德国在西线的总司令;暂时忘记了每天都要面对的战争……

此刻,龙德施泰特只闻到了沁人心脾的咖啡香,他感觉自己的身体好像飘在了空中,接触不到任何东西,可以在整个空间自由地施展。他开始在空中漫无目的的遨游,首先来到了一片田地的上空,有几个农民正在那里种田,他们的脸上洋溢着幸福的笑容;接着来到了一个兵工厂的上空,工人们忙碌的身影渐渐清晰,他们的脸上目无表情;又来到了正处于炮火之中的上空,他被硝烟熏得睁不开眼睛,险些掉下去;他迅速地离开了这里,来到了一片草地的上空,他低下头望着那生机盎然的景象,有肥羊在那里吃草;然后他来到了瀑布的上空,那从高处落下来的水流在岩石上激起了硕大的浪花,发出很爽朗的声音……

欣赏这少有的景色,龙德施泰特不想继续前行了,这里就是最美的地方了。如果能永远地停留在这里该有多好啊,龙德施泰特正享受着,突然刮过一阵风,他便被吹得往下掉,他用力地挣扎,手已经接触到水了……

龙德施泰特猛然醒过来,"怎么回事?"他自言自语,原来是桌子上的咖啡还有一些没有喝完,被自己弄洒了,"服务员。"龙德施泰特叫道。

那个刚才给龙德施泰特送咖啡的服务员,听见了他的声音便急忙赶过来。见到弄撒的咖啡立即给龙德施泰特递来纸巾,询问道:"先生,有没有烫到您?"

"没有,只是弄到了衣服上。"龙德施泰特一边用纸巾擦着衣服上的咖啡一边回答说。服务员将桌子收拾好后问："您是否再来一杯咖啡呢？"

"谢谢，不用了。"龙德施泰特说着便付了钱，然后走出了咖啡馆。

龙德施泰特还没有走几步就听见后面有人喊："先生，等一下。"他转过身回头看去，原来是刚才咖啡馆里的那个服务员，他正向着龙德施泰特这边赶来。

"先生，您的包，您忘在了咖啡馆内。"服务员气喘吁吁地说，将包递给了龙德施泰特。

"谢谢你。"龙德施泰特拿到自己的包有些激动地说。

"先生，您太客气了，我看您今天的气色不是很好。可能是昨天晚上没有睡好吧，您今天最好多休息休息。"服务员带着微笑说。

看到他那关切的眼神，龙德施泰特心中很是感激，高兴地说："谢谢你，我没事的。"

与服务员分别后，龙德施泰特沿着道路向自己的住处方向走。巴黎的大街上是很热闹的，来往的行人和车辆连续不断，道路两旁的店铺聚集着前来光顾的人们。汽车发动机的声音和人们交谈的声音混杂在了一起，展现出一片繁荣的景象。

龙德施泰特没有急着赶路，而是这里瞧瞧，那里看看，好像害怕错过什么一样。

在一个岔路口，龙德施泰特被一个小姑娘拦住了。小姑娘大约八九岁的样子，身上的衣服显得很破旧，两只布鞋已经露出了脚趾，右胳膊上挎着一个小篮子，两只水汪汪的大眼睛盯着龙德施泰特，说："先生，请您买一束花吧。"

"但是我并不需要啊。"龙德施泰特看着她的眼睛说，他心里暗自佩服这个小姑娘的胆量。

希特勒四大爪牙·龙德施泰特

"可是我需要啊,我需要用卖花的钱去给爸爸买药,他不吃药就会很疼的。一束花的钱对您来说一定不是什么大数目,但是对我来说却可以让爸爸舒服好几天。"小姑娘一直看着龙德施泰特的眼睛说,并没有因为自己的弱小而有丝毫的畏惧。

倒是龙德施泰特听了小姑娘的话,感到非常震惊。他不知道眼前的这个小姑娘哪里来的勇气,能在比自己高大很多的人面前说出这样的一番有道理的话。

一切静止了几秒钟,龙德施泰特觉得他要是不买花他自己的心里都会过意不去的。于是,他拿出钱给小姑娘,微笑着说:"听了你的话,我似乎不得不买了。"

小姑娘接过钱,然后从篮子里面拿出一束花给龙德施泰特,并带着开心的笑容说:"您不是听了我的话才买的,而是您的心让您这样做的,因为您是一个善良的人。"说完,小姑娘挎着篮子跑开了。

之前周围的吵闹声在这一瞬间仿佛都消失了,龙德施泰特望着她渐渐模糊的背影,他的脑中不断地重复着她留下的话,"因为您是一个非常善良的人。"

小姑娘已经跑远看不见了,龙德施泰特还独自站在那里,手里拿着那束花,不断地问自己:我真的是一个善良的人吗?

反攻的号角

    战争的气味，自从阿登山区响起枪声的那个夜晚开始，就一直没有离开过西欧的天空。而在另一个夜晚，来自诺曼底炮火的轰鸣再次在这片古老的大陆沸腾起来。

    尽管在庞大的登陆部队抵达滩头之前，就已经被在最外围防线上执行岸防任务的德军发现。但是这个消息传到统帅部的时候，人们还是被震惊了。因为从各种明暗渠道传来的情报都显示，盟军一直以来所看好的登陆地点应该是在法国加莱的海岸，谁也没有留意这个不起眼的海岸。

    当龙德施泰特被从床上叫醒、匆忙赶到办公室看到前线发回的战报以后，心里立刻就知道上当了。根据进攻滩头的敌方兵力规模和投入的武器种类来看，这绝不是一场仓促发动的临时性进攻。而这几天根据德军的侦察，在加莱方向的盟军在驻地连一点出发的动静都没有。如果要在两块相距如此之近的"疑似"登陆场同时发动攻击，面对在岸上具有兵力调动绝对便利性的德军，以盟军的兵力是无法支持的。因此，所谓的"加莱登陆"根本就是谎言。兵不厌诈，在瞬息万变的战事中迷惑对方是一个重要的手段。真正被他们定为目标的，就是现在的诺曼底！

    在这场声东击西的出色"假动作"作战中，德军大量的兵力被参考了虚假情报的指挥官们调动到错误的地方等待迎击敌人。虽然在诺曼底仍然有

希特勒四大爪牙·龙德施泰特

着非常顽强的滩头火力防御体系,但却无法抵御盟军的猛烈攻势,在这段宝贵的时间里,盟军一方的飞机和海上登陆者们,能够赶在敌方兵力汇合前进攻阻力较小的时候进行轰炸,对德方有生力量及地面防御工事发动打击,其目的非常明确,那就是要在此役当中死死钉住诺曼底这处被忽视的死穴,为盟军打开进入法国的大门和走廊。

满载炸弹、机关炮和伞兵的盟军战机,早在海面登陆战打响之前就已经突入了法国境内。绕道诺曼底防线的后方,迎着地面的防空火力释放了大量的炸弹破坏交通线,并对驰援而来的德军机动部队进行空中打击,让后方德军还没来得及抵达前线就已经遭受了不小的损失。这场战斗,从一开始德国人就处在十分被动的境地,这是几年来在当惯了进攻者的德国人身上从未发生过的事情。

在诺曼底战役展开后,龙德施泰特在最短的时间内,见到了同样在大西洋防御体系上负责布防的隆美尔。他们的意见在这场战斗发生前并不统一,甚至在推断上还是完全相反的。龙德施泰特一直觉得应当保留足够的机动部队留在内陆,这样指控补给都十分方便,在必要的时候可以驰援海岸和后方其他地方,以防备盟军绕开英吉利海峡打意法同盟大后方的主意。但隆美尔却十分笃定地认为,在海岸防线附近尽可能多地布设障碍和驻扎部队,才是对德国最为有利的方案。德国人会冒险,不代表他的敌人就不会。盟军绝不会放过就近对法国海岸进行突破的尝试,到时候一旦战役启动,敌人必定是倾巢出动。因此,要在最短的时间内组织最有效的进攻为敌人带来最强的杀伤,才能防止敌人利用规模优势和背水一战的气势与需要从内陆远程调兵增援的德军打成消耗战。虽然在最后兵力布置的问题上采取了比较折中的做法,但是现在,事情的发展无疑证明了隆美尔观点的正确性和前瞻性。

"德国人的头皮再硬，也抵挡不了天上掉下来的炸弹。"进入了会议室，副官们退了出去，隆美尔的表情异常凝重，见到龙德施泰特之后并没有寒暄的意思，他的第一句话言简意赅，"您看到了，我们正在像4年前的法国人一样挨打。"

"我知道，更糟糕的是，元首在造'大西洋壁垒'的时候没意识到我们并没有马其诺防线一样多的士兵来保护它。"龙德施泰特紧皱眉头，踱着步，低声说道，"不过，至少我们现在总算知道美国人要对哪里下手了。但愿尽全力亡羊补牢还能把主动权挽救回来。"

"您的意思是，继续向前线调动部队增援？"

"我们必须这么做，司令先生，诺曼底的防御已经岌岌可危，如果现在在轰炸面前退缩任其落入敌人手里，那么就正好如他们所愿。为了避免我们今后更大的伤亡，我们唯一的选择就是在情况不可收拾之前迎头顶上，您应该也明白这个道理。"

"我当然明白，但是以空军和海军现在各自不可开交的情况来看，我只是害怕……这会变成没有意义的牺牲。"隆美尔的目光望着龙德施泰特，声音低沉地说了这样一句话。

很不幸地，隆美尔的预料再一次应验了。在当时，德国空军有相当大的一部分被东线顽强的苏联空军绊住了脚步。火力凶猛而防护能力优异的苏联产伊尔—2强击机，是德军依赖的地面装甲部队和摩托化部队的天敌。为了清除这些东线的空中杀手，德军不得不派出了许多优秀的飞行员执行空中侦察和驱逐任务。但是因为东部战场不断失利，许多原本能提供资源的领地相继丢失，战机出勤的燃油储备量开始下降。为了避免影响德国本土的防空出勤，前线的许多油库都被裁撤。远在法国与英吉利海峡相连接的部分，因为被既定为纯粹的防御性阵地，而同样缺乏足够数量的驻扎飞

希特勒四大爪牙·龙德施泰特

机和前线机场。因此,德军从后方赶赴前线的增援部队难以得到空军的掩护,在盟军空袭中损失不菲。而在岸滩地区,盟军有大量的战舰作为火力支援轰击位于陆上的敌方防御工事,而数量与实力本来就较之英国显得十分有限的德国海军基本被挤出了这片战场。拥有优势火力和机动性的两个军种都无法为陆军分担压力或者提供援助。诺曼底战役几乎成为了德国陆军独自面对敌方海陆空三军的一场苦情戏。由于希特勒早有命令,未经许可严禁调动珍贵的内陆有生力量开往前线。因此,龙德施泰特和隆美尔二人调动部队补充前线消耗也变得十分困难。

在这种背景下,事情的发展毫无悬念可言,在经历了将近两个月的战斗之后,盟军的诺曼底战役宣告结束。法国被纳粹封闭了数年的大门,终于再次向盟军力量敞开。接下来,战争将在策划了这一切的根源——德国的土地上展开。

第十章

纳粹将领最后的闪耀

不可避免的失败

    1944 到 1945 年是希特勒最为痛苦的一年。从 1939 年到 1941 年夏季以来,取得的一系列战争胜利过后,德国已走向失败的境地,也是希望德国从这场战争中走向强胜的老帅龙德施泰特最为痛苦失望的一年。不可一世的德军,横行欧洲的德军,在这一年被赶出了波兰,赶出了罗马尼亚,甚至被赶出了有史以来第一次完整占有的法国,被逼回了德国本土。

    在龙德施泰特等一些军事将领的眼中,德军的颓势并不是今天才刚刚出现,而是早已注定,只是现在表现得更加明显了。德国迄今为止能够支持这么庞大的军事开销,主要是因为它占据了许多异国的资源。但是当这些占领地在盟军的攻击下纷纷解放之后,德国的军力就进入了吃不饱、打不动的状态,然后变得更加吃不饱的恶性循环。而在前几次失败的反击中大量损失的德军精锐部队,也使本国发动防御能力不断被削弱。这些败象中的许多部分,尤其是在后期致使拥有战斗力的部队不断损失的情况,基本都和元首的一意孤行与狂妄脱不开关系。

    德军在早期赢得的胜利,似乎是打在他血管里的一针永不消退的兴奋剂。他总是对部队提出过高的要求,制订了难以完成的作战任务,而失败后又将所有过错全盘归咎于官兵自身的无能。这使许多军人对他感到不满。1944 年 7 月, 由施道芬堡上校等部队内部人员, 组织的暗杀事件发生之后,希特勒变得比以往更加苛刻和偏激了。除了党卫军,很难有人能取得他的信任。因为有参与谋杀的嫌疑,之前还在法国与龙德施泰特并肩作战的隆美尔元帅也被希特勒下令处死。原本就不甚良好的纳粹当局与军方之间的感情也由此变得更加冷淡。

然而,就在隆美尔去世后,一直以来和希特勒关系都不咸不淡的龙德施泰特,却在这个时候被意外重新起用。于1944年9月初再次获得了西线总指挥官的头衔。

对于这种任命,有些人感到有些不可思议。但是对于龙德施泰特自己来说,这一点都不奇怪。之所以在这个时候起用自己,他内心十分清楚,希特勒如此行为只有两个原因:一是因为自己一直以来在希特勒面前都保持着刚直不阿、向军不向政的态度,这使得他对自己更加放心;二是用隆美尔的例子给曾经和他同在法国作战的自己一个警告。无论你有多高的功绩,我想要换掉你的时候也不会有什么犹豫的。

带着这样的信任和威胁,龙德施泰特心情复杂地告别了家人,再次来到前线。此时,正值德军从法国全面撤退,一方面要抵抗外部敌人的进攻袭击,一方面又要各自调配被打残击散的撤退部队,需要一个具有足够威望和资历的人物才行,龙德施泰特恰恰就是这样一个人。而更加巧合的是,他所接到的任务是约束败兵并重整队伍,将盟军的攻势卡住在边境线的法国一侧,不能让盟军乘胜追击打进德国本土。盟军方面毕竟也是多股部队组合而成的,经过法国本土的连番混战之后,也需要告一段落进行充分休整,并且要安抚当地百姓,恢复生产和社会秩序。除了等待后续的部队来到法国,为下一阶段攻打德国本土的任务,提供生力军替换持续作战的一线战士们之外,也要腾出时间了解德国本土的防御态势。因此,在经过象征性的追击和威慑之后,没有真的越过国境,对已经成了惊弓之鸟的德军败兵进行追击。而是准备调整部署，以突击的方式夺取几座桥梁，来保证墨兹河上的通畅，方便让盟军能够长驱直入。

但不幸的事情发生了，因为一些意外，盟军方面有关这次突击行动的文件被德军获取。龙德施泰特根据文件上的信息迅速制定了计划，抓住盟军方面还处于排兵布阵的时机，迅速带领部队向合适的区域转移。并在边境的多座大桥附近修建工事，埋设地雷，以此遏制盟军的攻击。不过，对于他们来说，以目前所能动用的兵力及其战斗意志，想要抵挡盟军的全面进攻还力有未逮。为此，龙德施泰特和莫德尔两人尽力调集一些撤回本土的装甲部队残部，重新混编归入前线对峙的阵容中来。这样，虽然部队内的实际编制很杂乱，但是从规模上来看，它已经完全胜于盟军方面任何一支可能前来进攻的部队。

在他们的努力下，盟军在赖赫斯瓦尔德森林地带和阿纳姆发生的两场战斗中，德军获胜。并俘获了盟军数千人，德军士气为之一振。而盟军的突击计划受挫，部队进攻态势减缓，使蒙哥马利发动闪击德国战役的计划彻底搁浅。由此，德法边境一时间呈现出了难得的宁静。这一系列行动的顺利完成，使希特勒对龙德施泰特和德军又重新燃起了希望。

在 1944 年 10 月，希特勒亲手签署实施了他视为反攻希望的"狮鹫计划"，希望能利用恶劣天气掩护，在上次曾经让德军创下奇迹的阿登高地，再次利用一支精锐强悍的军团突破驻守比利时的盟军部队，一举拿下盟军重要的补给基地安特卫普。

只要这次的作战计划能够成功，除了德国本土的安全能够得到保证之外，占据了安特卫普不仅重新占据了这个宝贵的交通枢纽，同时也可以将缺乏粮饷的盟军直接补给线推向距离更远的地方。使德军再次占据如同上一次法国战役发动时的地利优势，随时可以集结部队重演横扫法国内陆的

希特勒四大爪牙·龙德施泰特

一幕。12 月,战斗一开始十分顺利,但这一次没有那么幸运了,前几天让盟军无法起飞战机的浓雾天气,在德军终于攻到距离安特卫普仅一城之隔的巴斯托尼,并将被击溃的美军部队分隔开来使之处于孤立无援的境地时消失的无影无踪。巴斯托尼的守军拼死奋战,把德军部队牢牢卡在这座通向安特卫普的必经之城门外。让姗姗迟来的盟军轰炸机尽情扫荡缺乏德国空军有效掩护的地面部队,加上后来乔治·巴顿率领坦克部队增援守军,迫使德军不得不缩回阿登高地,最后撤回国内。

将领的终末

　　对于德国而言,在缺乏制空权的情况下,发动第二次阿登突袭,无疑是一个把败退变为败亡的错误。盟军这一次再也没有客气,他们不顾 1945 年初春道路的泥泞难堪,抓紧时间沿着德军败退的脚步大举进攻。3 月,德国的重要城市科隆被攻陷,参加欧洲远征的美军坦克第 9 师还成功地夺取了雷马根大桥,这是一座莱茵河上非常重要的交通枢纽。有了它,盟军将再也不会被莱茵河所阻挡。纳粹的败局已定,龙德施泰特也随着他的主子开始走向了人生的衰落。

　　这件事情传到柏林之后,谁都能看出它对希特勒的打击有多么巨大——他宣布将作战不力的主要责任人处死示众。但是,这对于改善前线形势毫无益处可言。以美军为核心的盟军仍然在极力压榨着德军的防线,德国组建的所谓"西方壁垒"防线渐渐出现了更多的破洞,而背后希特勒不顾实际情况的命令,仍在不断催促着部队取得战果。

　　龙德施泰特和莫德尔两人接连向希特勒报告情况,力劝他收缩已经不具备现实意义、反而容易平白损失更多官兵生命的防线,重新组织作战。在阿登反击战中,由于失利而已经变得十分暴躁的希特勒,无法容忍他们对自己的反驳行为。龙德施泰特也正是在这个时候迎来了他人生中的第四次、也是最后一次解职命令。他终于永远离开了为之效劳一生的军队,成为了一名普通人。

尽管已经离开了前线司令员的位置,但是他对于德国命运的关心却无法松懈下来。

反法西斯阵营的数量优势无疑是压倒性的,而经历了在苏联本土一系列会战之后,成长起来的红军对德军位于东线的部队也形成了全面压制。面对东西两线盟军近乎无穷尽的后方补给和兵员储备,德国在这两方面的捉襟见肘更是形成了无比鲜明的对比。唯一能让德军继续坚持下去的只有两个理由,一是元首的命令,二是战争打入家园时的绝望。他们绝不愿意品尝在德军肆虐其他地区时当地军民所受到的残忍对待。因此,唯一的办法只有拼死抵抗而已。

1945 年 4 月 16 日,苏联红军终于攻入了柏林外围防御圈。德国统帅部在希特勒的命令下,撤离了这座德国的心脏城市,当晚,苏军发动了对柏林的总攻。这次进攻,红军动用了三个方面军近 300 个师的人马将柏林团团围住。使用的飞机达到了 2450 架,火炮和坦克 1000 多辆。多路同时进攻,让柏林守备的德军疲于奔命,防线很快就被撕碎,守军们不得不各自为战。6 月 30 日,德国元首希特勒签署继承人文书,将元首之位交给海军最高将领邓尼茨,之后和妻子爱娃自杀身亡。

苏军的进攻步伐此时仍在不断加快,巷战和对纳粹政治中心——国会大厦的进攻造成了双方大量人员死亡。但最终,红军的旗帜还是成功地插在了国会大厦的房顶上。眼见大势已去,为了避免对柏林再造成更大的损毁,柏林卫戍司令魏德林将军选择了率部投降。至此,柏林战役就此结束了,而法西斯德国的战争之梦也已经随希特勒的死而宣告了终结。

在收音机里听到柏林宣布投降的时候,休居在巴特特尔茨的龙德施泰特什么也没有做,只是把那颗银橡叶铁十字勋章从柜子里取出来,擦拭了一下，然后把它重新放了回去。只有他自己才知道，这是对属于他的战争最后的告别。之后的残生当中，他再也没有打开过这个柜子。

柏林战役结束后，战犯开始被逐一查证清算，龙德施泰特身为陆军元帅，也成为了被审判的其中一名战犯嫌疑人。被美军逮捕后，龙德施泰特成为了阶下囚，从最初的战俘营转送到了多个地方。期间，他表现得非常配合，德国军人传统的风度也使他受到了一定的尊重。他知道自己曾经为纳粹南征北掠所造成的助纣为虐，因此从没有期待过逃避审判。只是希望能在上绞刑架之前让自己做的更得体一些。不过事实上，由于心脏病十分严重的缘故，对于他的审判一直拖延着没能进行。而在此过程中，他的妻子和孩子相继离世，因为自己的过时而没有能陪伴他们到最后一刻，这成为了一件让他感到十分内疚的事情。

他在自己的日记中曾经写道："我没有等到审判，但是衷心地希望我所爱的人的灵魂不会因为我的过错而无法前往天堂。"

尽管对龙德施泰特的审讯难以进行，不过盟军方面仍然尽力对他在战争期间的作为进行了解。

根据大多数来自德军士兵和被征服地区的幸存者的证词来看，龙德施泰特虽然是一个令人憎恶的侵略者，但是基本上没有什么由他亲自实施的屠杀行为。而来自德国体制内的供词则更为具体一些，人们证实，他只是正常地执行了一个军人分内的工作，主观上可以说与纳粹党徒们进行的种族迫害和地区性的居民灭绝行为没有交集。这使得他成为了二战德国将领中为数不多没有被判以重刑的战犯之一。

在经过权衡之后，龙德施泰特最终在 1948 年 7 月得到了释放。此时的他，已经是一位风烛残年、孤独无依的普通老人。昔日的荣光已经远去，他只想平静地度过自己的余生。

希特勒四大爪牙·龙德施泰特

　　在德国新政府的帮助下,他住进了位于莱茵河畔的汉诺威城一家养老院。而这里,也成为了他人生旅途的终点。1953年,龙德施泰特心脏病发作,在养老院安静地离开了人世。被安葬在了斯托肯墓园。一位历史学家对他给出了这样的评价:"他的事业失败了,但是人格却是成功的;他的人生结束了,但属于他的宁静,才刚刚开始。"

龙德施泰特生平大事年表

  1875 年，龙德施泰特出生于德国萨克森—安哈尔特州的阿舍斯莱本市的一个军人世家中。父亲是骑兵少将，对龙德施泰特从小进行了十分严格的半军事化训练。父亲的言行和职业对小龙德施泰特的成长方向，产生了很大的影响。

  1892 年，从格罗斯利希费尔德高级军校毕业，以优异的成绩进入驻卡塞尔的步兵团。

  1893 年，因表现突出晋升少尉军衔。

  1900 年，升任步兵团中尉副官。

  1903 年，战略意识受上级肯定，保送军事指挥学院进修，学习成绩突出。

  1907 年，从军事学院毕业后晋升为上尉，进入参谋本部试用。使他有机会接触决策核心。

1908 年,龙德施泰特回到步兵团,担任连长一职。在实践中得到锻炼和成长。

1914 年,第一次世界大战爆发,龙德施泰特随所在部队编入战斗集群,任预备第 22 师参谋。在作战行动中,他跟随队伍亲自参加战斗,开始接触到实际作战。

1916 年下半年,晋升为少校,并成为驻守喀尔巴阡山德军部队的参谋长。在作战队伍中摸索了大量的第一手实践经验。并开始尝试直接指挥部队进行作战。

1918 年,第一次世界大战结束,龙德施泰特改任西线第 15 军参谋长。

1920 年,回到国内,受到重用担任骑兵第 3 师参谋长,负责重新组建国防军。

1926 年,重新回到驻卡塞尔部队,他的指挥才能进一步得到认可,担任第 2 集团军参谋长。

1928 年,调任骑兵第 2 师师长。

1932 年,受上级指派再次担任步兵第 3 师师长,同时兼任柏林第 3 军区总司令。同年 10 月晋升为步兵上将,任第 1 集团军群司令。

1933 年，魏玛政府下台，国家社会党上台执政。希特勒当选为德国总理，当年出台的扩军计划受到代表国防军势力的龙德施泰特的严词反对，未受追究。

1938 年 1 月，国防陆军司令弗里奇遭陷害免职被捕，龙德施泰特求见希特勒并当其面为前者进行申诉无果后愤然离去，当年被晋升为大将后便主动辞职退役。

1939 年 8 月，在政府邀请下回归部队，担任"南方"集团军群司令。9月，指挥"南方"集团军群参加波兰战役。

1939 年 10 月，受命率军与其他部队联合进攻荷兰，10月成为东线陆军总司令。

1940 年，龙德施泰特被调回西欧，担任"A"集团军群司令，准备进攻法国。

1940 年 5 月，德军发动进攻，龙德施泰特率所在的 A 集群突破比利时阿登山区攻入法国，击破法军多重阻拦进逼英吉利海峡，成功逼降法国。

1940 年 7 月，龙德施泰特正式晋升为元帅。10月中旬，升任西线德军总司令。

希特勒四大爪牙·龙德施泰特

1941 年 3 月,龙德施泰特对希特勒进攻苏联的计划表示反对,但仍于 6 月对苏发动进攻时接受南方集群总司令职务,并成功攻占乌克兰首都基辅。部队在他的指挥下迅速向纵深推进。

1941 年 11 月,寒冬降临,龙德施泰特所部在罗斯托夫遭受苏军沉重打击,请求后撤避免有生力量过度伤亡却未获批准,愤而再次辞去职务。

1942 年 3 月,希特勒复任他为西线总司令兼"D"集团军群司令。

1944 年 6 月,盟军在诺曼底登陆后,主张在塞纳河和索姆河实施机动防御,与希特勒发生分歧。

1944 年 7 月,再次被希特勒解职。

1944 年"七·二〇"暗杀希特勒事件发生后,龙德施泰特站在希特勒一边,两人关系有所缓和。

1944 年 8 月,龙德施泰特被希特勒任命为特别军事法庭庭长,负责审理这次反抗希特勒的叛乱案件。

1944 年 9 月,希特勒再一次起用他为西线德军总司令。

1945 年 3 月,因莱茵河雷马根大桥失守而再一次被撤职。

1946 年,龙德施泰特在他的休养地巴特特尔茨被美军俘获,并引渡给英国,关押在布里金德,期间其妻儿相继去世。

1949 年汉堡审判后,英方释放龙德施泰特。当年,他回到德国,在策勒当地一所养老院安度余年。

1953 年 2 月 24 日,因心脏病卒于汉诺威,终年 78 岁。

希特勒四大爪牙·龙德施泰特